帰れぬ人びと

sagisawa megumu
鷺沢萠

講談社文芸文庫

JN166333

目次

帰れぬ人びと

川べりの道

川べりの道は長かった。

実際には、さほど遠い距離ではなかったのかも知れない。しかし十五歳の吾郎には、ゴム底の運動靴の足の裏に感じられる尖った小石の感覚は、ある哀しさを伴って伝わった。

やがて吾郎は、川の表情は季節ごとに変わるということを発見する。夏はそこら中に繁ってむせかえるような草の中に、都会育ちの吾郎はずっと以前に訪れたことのある母の郷里の田圃道の匂いを見つけた。冬は空気の冷たいせいか、くっきりと見える川のむこうの工場街を眺めながら、吾郎は重たいオーバーのポケットの中で幾度も手を握りしめたり開いたりしながら川べりの道を歩いた。

毎月毎月同じ日にこの川べりの道を歩くと、たったひと月のあいだで随分と風景が変わってしまうことにも驚かされた。川むこうの工場街の屋根屋根にかかる靄《もや》の色。土手道と呼ばれる堤防の上の道から川へと続く斜面をおおう雑草の色——。ひと月のあいだで様変わりしてしまうそれらの風景をぼんやりと眺めながら、吾郎はおなじみになった土手道を歩くのだった。

トラックや自家用車が茶色い煙をたてて通る大きな橋を過ぎると、吾郎は土手道を下りてごちゃごちゃした住宅街に入る。そこは細い路地が碁盤の目のように交差し、曲がった先曲がった先に似たような軒先の見える、小さな町である。

知らない家の粗末な板塀のすぐ脇を通ると、赤ん坊の泣き声が聞こえてきたりすることがある。男女のいさかう声や、電話の呼鈴であることもある。そういったものを聞くと、吾郎は胸が圧されるような気分になって、つと後ろを振り向く。そうしてその家の窓が、テレビの画面を映して赤くなったり青くなったりしているのを見ると、なぜか安心してまた前を向いて歩き出すのである。

そんな雑然とした小さな町の片隅、緑色の三輛電車が轟々と過ぎるちっぽけな踏切のすぐそばに、吾郎の父親が女のひとと暮らしている家がある。

吾郎は毎月同じ日にその家を訪ねるが、玄関の土間に女のひとの方が顔を出すことは滅多になかった。大抵は父親が扉を開き、軒下の薄暗い電灯に照らされて所在なげに佇んでいる吾郎を見ると、「あン」とか「おう」とか短い声を出した。父は吾郎に「上がれ」と顎《あご》で示すこともあるし、近くの児童公園まで吾郎を連れ出すこともある。どうやら吾郎がその家に上がれるのは、女のひとの不在のときに限られるらしかった。

吾郎を家に招き入れることができる日は、父は吾郎を奥の茶の間に坐らせる。何もいらないと言っても、父は台所からジュースやら煎餅やらを運んで来て吾郎の前に並べる。そして顔中に深く皺《しわ》を刻ませ、吾郎の顔を見る。学校はどうだ、とか、吾郎の姉の時子は元気か、とか、成績はいいか、とか、父の訊ねることは毎月決まっている。吾郎は畳の上で足をむずむず動かしながら、いちいち「うん」と頷く。

吾郎にしてみれば、女のひとが今帰って来るかと気が気ではない。早く帰りたくてうずうずしてくる。

不思議に思うのは、あの川べりの長い道を歩いている間は、早く父に会いたくて、というより早くこの家に着きたくて仕方がないというふうなのに、この家に着いた途端、早く帰りたいという気持ちでいっぱいになってしまうことである。早く役目を果たして、そして来月までは自由の身だ。――そんな気持ちにさえなるのである。茶の間の畳に坐った瞬間、時間が経つことだけを念じてしまう自分を、吾郎は奇妙に思う。

父の話に一段落つくと、吾郎は次に父が口を開く前に立ちあがる様子を見せて言う。

「じゃ、俺もうそろそろ……」

その一瞬に父の見せる表情を、吾郎は何と形容していいか判らない。口を少し開けたまま、父は空洞のような目をする。それは残される者の不安とも、残る者の安心とも言える。鼻づらを突然はたかれたかのような顔をして、父は「そうだな」と不興そうな短い声を出す。

吾郎は玄関の上がり框《かまち》に腰かけ、わざと時間をかけて靴のヒモを結ぶ。そうしている間に、父が後から封筒を持ってバタバタとやって来る。

「それじゃあ」

そう言って吾郎が土間に立つと、父は精一杯さり気ないような声で言う。

「忘れるところだった、コレ」

その言葉は、父が唯一自分から示す父の感情である。「忘れるところだった」さり気なく言うことで、父は吾郎がこの家を訪ねるのは、決してこの封筒のためだけではないのだ、ということを自分に納得させているようでもあった。封筒の中には、吾郎と姉の時子の、ひと月分の生活費があるのだ。

吾郎は曖昧《あいまい》な返事をして封筒を受け取ると、扉を開けて表へ出る。大仰に頭を下げて感謝することも、やれと言われれば吾郎にはできる。しかしそうすれば、父は情けないほどに悲しい顔をするであろう。吾郎はそれを知っていた。かと言って無言のままぶっきらぼうに受け取ったのでは何か格好がつかない。それで吾郎はもごもごと口の中で不明瞭なありがとうを言う。

「時子に、体に気をつけるようにってな」

吾郎の後ろ姿に向かって父は声をかける。吾郎の姉の時子は、中学校に上がるころまですぐに風邪をひき、熱を出しては学校を休んでいた。そのころの時子のイメージが、父にとっては強いのであろう。今の時子からは、そんなことは想像しにくい。

半ば振り返って父の言葉に頷き、軽く手を挙げると、あとは堪まらなくなって吾郎は駆け出す。いまいましいほど愚鈍な緑色の三輛編成の電車が、すぐそばの踏切を轟音を立てて通り過ぎてゆく。

毎月一度のこの役目が、どういうわけで自分に押しつけられてしまったのか吾郎には判らない。ただ姉の時子が言うほどには、父が女のひとと暮らしている家を訪れることに嫌悪を感じてはいなかったし、何よりもそんなことで姉と言い争うことを考えると、あきらめ半分で毎月同じ道を歩いた。吾郎にとって、あの川べりの道は、自分とか姉の感情などというものを遥かに越えたところに超然と存在しているのであった。

早く言えば吾郎はあきらめのよい性格である。かなわないと判っているものに抵抗して徒《いたず》らに時間を費やすのは、馬鹿げているというよりも自分で哀しくなってしまう。学校の友人に、お前はさめてる、と言われたことがあった。吾郎はそのとき、なぜだか心の中で

「ヤバいな」と呟《つぶや》いた。自分だけの秘密であるはずの、たちの悪い趣味を見つけられたような気がした。そう言われてみれば、吾郎はいつも自分を偽っているような気がする。意識しているわけでは決してないが、クラスの友人のくだらない冗談に大笑いしたりするとき、ふと、何ともいえず自分が情けなくなることがある。だからと言って吾郎は友人たちを子どもっぽい、などと思うことはまるでなかった。むしろ羨望に近いような気持ちで、自分の周囲の少年たちを眺めていた。

学校での吾郎の評価は、まあまあというところだった。勉強も、とびぬけてできるというわけではないが、まるっきりできないわけではない。得意なものはこれといってないけれど、全て一応人並みにはこなす。友人関係にも生活面にも問題はないし、教師から見れば扱いやすい存在なのかも知れない。

「あんたはね、公務員にムイてるわよ」

保護者面接から帰って来た時子が、吾郎にそんなふうに言うことがあった。

「家庭環境のわりにはまっすぐ育ってらっしゃいますね、だってさ。失礼しちゃうわよまったく。よっぽどハンドバッグで横っ面ひっぱたいてやろうかと思ったわよ」

時子が真剣に憤慨していても、吾郎はちょっと笑ったまま黙っている。それよりも、自分がそのように可もなく不可もなくといったような性格であるのは、あの川べりの長い道のせいだというような気がしてならない。

父からお金を受け取る方法を、どうしてもっと別のものに変えないのかと考えたことがないわけではない。毎月家まで訪ねて取りに行く、というのは、どう考えても面倒だし、父が別の女と生活していることを考えれば尚更に奇妙なことではある。しかし間もなく吾郎は、それが時子の父親に対する精一杯の嫌味であることを知った。それを知ったとき、吾郎はたとえようもない、嘔吐感にも似た嫌悪をおぼえた。姉である時子に、理性とか意志というものの入りこむ隙を与えない何とも膠着《こうちゃく》的な女を感じた。

時子と吾郎は母親が違う。時子を連れて父が再婚し、間もなく吾郎が生まれたのである。

生後すぐに実の母親を失くした時子は、継母である吾郎の母によくなついた。だから吾郎が生まれたとき、時子は吾郎をひどく憎らしく思ったと言う。八つ違いの腹違いの弟に、底意地の悪いいたずらをしたこともあると言う。吾郎にはそんな憶えはないが、そのときの幼い時子の心情を思うと、なんだか苦しい気持ちがする。時子のことを、不運な女だと思わずにはいられない。悪い親のもとに生まれた。そして恐らくは確実に胸のうちにしこりを残しているだろう思い出のある異母弟と、ふたりきりで暮らさなければならないはめになっている。

吾郎の母は、気持ちのしっかりした人間だったから、というよりも、ぼんやりとした鈍い感じの女であったから、吾郎が生まれたあとでも時子に対する態度を変えるようなことはなかった。しかし吾郎は、時折感じられる時子の何とも女くさい性質に触れると、「血」というものを感じてしまう。吾郎の母は、気の弱いおとなしい人間で、なりふり構わずに他の女と争ったり、ということができなかった。送金してもらうか振込みにしてもらえば済むことなのに、毎月毎月別の女と暮らす父のもとへ吾郎をさし向けるような時子の勁《つよ》さはどこから来ているのかと考えるとき、吾郎は時子の中に流れる、自分とは異なる半分の血を思わずにはいられない。時子の実の母親がどんなひとであったのか吾郎は全然知らないけれど、そのひとは時子の中で確かに生きているような気がする。

吾郎にとっては、父や、父と一緒に暮らしている女のひとのことなど、もうどうでもよかった。父がその女と一緒になるために、二人の子供と母を残して家を出て行ったすぐあと、吾郎の母は国道でトラックにはねられて死んだのだったが、そのことにも吾郎は時子が口ぐせのように言うほど父に責任があるとは思わない。時子は、それは父が出て行ったことで錯乱した母の自殺なのだと言うが、母の死は誰が見ても運転手側の不注意がひき起こした事故であった。

母の葬儀にあらわれた父を、まだ高校生だった時子が声を震わせて追い返した。そのときも吾郎は、戸口のかげでどうすることもできずに、父と姉の様子を見まもっているだけだった。が、そのときの時子はやけに綺麗だった。口唇の端を歪めて父の顔を見あげ、興奮のためにときどき声を裏返しながら喋《しゃべ》っていた時子の横顔は、あとにもさきにもないほどに美しかったと吾郎は思う。

「吾郎くんは、お姉ちゃんに感謝せにゃならんぞ」

事情を知っている父の友人だった男に、そう言われたことがある。それは確かにその通りだった。頼る親類もなく、たったふたり残された姉弟は、親子四人で暮らしていた家を引き払い、小さなアパートに移った。時子は高校を出てすぐに衣料会社に就職した。何不自由なくというわけにはいかないが、吾郎はお金に関して恥ずかしい思いをしたことはない。父と別れて暮らすようになってから五年ほど経つが、経済的な面で吾郎がそんなに苦労しないでいられるのは時子のおかげなのである。

アパートに移り住んだのは母の死の半月ほどあとだったろうか。吾郎は、時子とふたりではじめてアパートの部屋に入ったときのことを忘れられない。入ったすぐのところの小さな板の間の台所を見て、ドキンとした。すでに夕闇のせまる時刻だったが、奥の間の電球が切れていて点《つ》かなかった、あの心細さ。荷物の詰まった段ボール箱に囲まれて、身体を丸くして毛布だけかぶって寝た。次の朝、食器がどの箱に在るのかも判らず、とにかく空腹のために近くのスーパーマーケットまでパンを買いに走った。そういう気持ちは、説明して他人に判ってもらえるものではない。

父とのいざこざや母の死、世間の決して温かくはない目。辛い時間を、姉弟ふたりで過ごしてきた。暗黙の了解のように、時子も吾郎もそのころのことを話すことはない。思い出せないのかも知れない。あのころ——殊にふたりきりでアパートに越してきた夜は、時子と吾郎はほとんど口を利かなかった。口は利かないけれど、どちらからともなく身をすり寄せるようにしていた。それはまるで群れからはぐれた獣の仔のようだった。

が、そんな姉弟の血の絆が「父」にあることを思うと、吾郎は皮肉な何かを感じるのである。

果物屋の店さきに、ツヤツヤ光る苺《いちご》が並ぶ季節だった。吾郎はいつものように川べりを歩いて、父の家を訪ねた。

父の家の玄関の呼鈴を押したが、返事がない。吾郎の訪ねる日は毎月決まっている。その日に女のひとの方がいないことはあっても、父がいないことはこれまでにはなかった。変に思って、もう一度呼鈴を押してみたが、やはり返事はなかった。そっと玄関の引き戸に手をかけた。鍵はかかっていなかった。

「あのう……」

吾郎は、引き戸に手をかけたまま、おっかなびっくりに奥の方へ声をかけた。人の気配はない。

吾郎はなぜだか、突然父が死んでしまったのではないかと思った。父が家にいないはずはないのである。片足だけ玄関の土間に入れた中途半端な姿勢で立ちつくしていると、動悸が激しくなってきた。

「あの、すいません」

今度は少し大きめの声を出した。何事もないような顔で、父が出てきてくれればよいと思った。しかし返事はなかった。

どくどくと心臓の打つ音が、外に聞こえるような気がした。奥のガラス戸を開けたら、そこに父が倒れているのではないかと思った。その光景が、まざまざと目の前に浮かぶようだった。吾郎は我慢できなくなって、土間に靴を脱ぎ散らかして家に上がり、ガラス戸を開けた。

薄暗い部屋の真ん中に据えられた卓袱台《ちゃぶだい》の上に、食べかけの苺がはいったガラスの菓子器がふたつ置かれていた。人影はない。

吾郎は気抜けしたような気持ちで立ちつくし、薄闇の中で光る苺を見下ろした。ガラスの器に見憶えがあった。確か、これは昔母が買ったものだ。夏など、よくこの器に母が氷をかいてくれたものだった。あの家にあったこの器が、どういうわけでここにあるのだろうか。まさか父がこの器だけを抱えてこの家に転がり込んだとも思えない。

二階で、人の歩く音がした。吾郎はハッとして、思わず天井を見あげた。父は二階にいるのだろうか。それとも二階にいるのは女のひとの方だろうか。吾郎は廊下の奥の階段の下まで行って、おそるおそる階上をうかがった。

突然、障子が乱暴に開く音がして、女が叫んでいる声が聞こえてきた。

「もうイヤなんだって言ってんだろッ。こんなふうに毎月毎月、やあな思いしてさ、何のために一緒ンなったんだか、判らないじゃないのッ」

それに答えて、聞き取れない低い声で何かボソボソ言っているのは父に間違いない。

「どうして？　どうしてあんたはそうなんだよう。あんたのあの鉄面皮のムスメに、たったひと言いえば済むこったろ」

女のことばは機関銃の勢いでほとばしっている。

ぱあん、と頬を打つ音がした。そのあとに獣のような泣き声が続いた。うおお、うおおと聞こえるその声は、泣き声というよりは喚《わめ》き声のようだった。大きな臀《しり》を丸めて、体を折り曲げて俯している女の姿が目に浮かぶようだ。

吾郎の母は、こういう泣き方をしなかった。吾郎の古い記憶の中で母が泣いているのは、たいてい台所の隅とか茶簞笥のかげとかで、身体を小刻みに震わせながら音も立てずに涙を流しているのだった。

「千代……、千代」

父が女をなだめているらしい声が聞こえてくる。女の泣き声はうおお、うおおから、あーん、あーんに変わった。

吾郎は居たたまれないような気持ちになって、土間に脱ぎ散らかした自分の靴のかかとを踏んづけたまま、外へ飛び出した。

すぐ近くの踏切では、ねっとりと淀んだ空気をつん裂いて、緑色の電車が車体を傾がせながら通り過ぎるところだった。たった三輛の丸まっちい電車は、鈍い動きをするくせにレールの上でとてつもない叫び声をあげる。鼓膜を襲う金属的な音に、吾郎は耳をふさいだ。駆け出した掌の奥で、電車の音が青白く閃光を放った。

土手道まで耳をふさいだまま走った。川沿いの土手の斜面に腰をおろして、吾郎はやっと靴をはいた。

女の名を呼んでいた父の声が、耳の中に甦ってきた。きまり悪げな表情を浮かべ、頰をひきつらせながら呆然と泣く女を眺める父の姿が、見てきたかのように想像できた。一度女の方に伸ばしかけた手を引っ込めるような仕草までもが目に浮かぶようだった。

吾郎は斜面を駆けのぼり、いつものように川べりの道を戻った。足もとの小石を蹴ると、小石は斜面を転げ落ちて行った。

父は幸福に暮らしているはずではなかったか。母や、時子や吾郎を犠牲にして、好きな女と幸福に暮らしているはずだったのだ。

「こういうの、たまんないよな」

吾郎は呟いた。一度目の妻を早くに失い、二度目の妻を捨てた。父は女運のない男なのだ。せめて、母を捨ててまで一緒になった女とは、うまくやっていって欲しいと思った。そうでなければ、あんまり情けなかった。

姉の時子が、今さっきの父と女の喧嘩《けんか》を聞いたら、何と言うだろうか。自業自得だ、そんなふうに言うかも知れない。けれど吾郎にはそんな気力もない。同情はしないが、あまりに悲しいと思った。しかしその気持ちも、パサパサと乾燥していた。

「たまんないよな」

土手道を歩きながら、吾郎はもう一度呟いた。それから短い溜息をつき、ちょっと立ち止まって目の前に続く白茶けた道を見た。川べりの道は砂埃《すなぼこり》の中を無表情に、はるか先まで続いていた。吾郎は顔を歪めて少し笑った。そうしてまた歩きはじめた。今度はあまり前を見ないようにして。

アパートに戻ると、時子はすでに勤めから帰って来ていて、台所で夕食の支度をしていた。

吾郎は無言で部屋に上がるなり、ごろりと畳に横になった。肩のあたりが妙に重い。全身がだるい。目の中を白い光がチラチラした。

「寝るならご飯食べちゃってからにしてくれない」

時子がぶっきらぼうに言った。

「寝ないよ」

吾郎も短く答えて、目を閉じた。風邪をひいたような気がしたが、体温計の在りかを訊ねるのも面倒だった。

台所で時子が水を使う音が耳障りだった。吾郎は何度も向きを変えて、障子を蹴ったり天井のシミを眺めたりした。

時子が卓袱台に食事を運んで来たが、吾郎は食欲がなかった。箸をパチンパチンと鳴らしながら、画面の粗いテレビで何を言ってるのかさっぱり判らないニュースをぼうっと見ていた。

夕食を半分以上も残した吾郎を見て、時子がけげんそうな顔をして訊ねた。

「何か食べてきたの」

「ううん」

「苺があるけど、食べる?」

父の家の卓袱台の、ガラスの菓子器にあった食いかけの苺を思い出した。あれは父と女のひとが食べていたものなのだろうか。吾郎はふとそんなことを考えた。

「安かったから買って来たのよ」

流しの前に立ってしばらく水音を立てていた時子が、洗った苺を笊《ざる》のまま運んで来て、独り言のように呟きながらひとつを口に放りこんだ。吾郎はぼんやりと笊の中の苺を眺めた。

「具合悪いの?」

さっきから焦点の合わないような目をしている吾郎を見やって、時子が言った。

「いや」

吾郎は答えて、そのままごろりと仰向けになった。こういうことをすると、昔は母に叱られたものだった。食べた後すぐに寝ると、牛になっちゃうのよ。——母はこんなふうに言って、吾郎の膝《ひざ》をポンとはたくのだった。

蛍光灯の光が、いつもより暗く感じられる。吾郎は、黒い小さな虫の影が幾つも見える電灯のカサを見ながら、ふっと小さく溜息をついた。

「あんた今日、ウノキ行ったんでしょ」

寝っころがっている吾郎を横目で見ながら時子が訊ねた。

ウノキというのは父の住むあの小さな町の名である。時子は父の家のことを言うとき、父さんのウチとは言わずに必ずこう呼ぶのだった。

「……うん」

お金を受け取れなかった理由をどう説明しようかと考えながら吾郎は答えた。父と女のひとが喧嘩していて、とても声をかけられなかったなどと言ったら、時子は何と言うだろうか。

「うん、て……。どうしたのよ」

「行ったけど、誰もいなかった」

「ええ?」

「呼鈴押しても、誰も出てこなかったから、そのまま帰って来た」

階段の下で聞いた、父と女のやりとりを思い出しながら吾郎は嘘を言った。

女は、毎月の吾郎の訪問が厭《いや》で堪まらないのだろう。それで父を責めていたのだ。吾郎だって、行きたくて行っているわけではない。父の家へ行くことを頑固に拒否すれば、時子も別の方法を承諾するかも知れない。しかしそうなるまでには、吾郎は時子と何度も何度も口論しなくてはならないだろう。吾郎をウノキの父の家へ行かせることは、時子の父に対するたったひとつの腹いせなのである。それに荷担する気は毛頭ないが、姉との言い争いは考えただけで疲れてしまい、吾郎は重い足を引きずって毎月父の家を訪れていたのだ。

——俺が何をしたっていうんだ。

吾郎は突然に腹立ちを覚えた。一度でも、あの女に皮肉を言ったことがあったか。恨みのこもった目つきなどしたことがあったか。彼女が家にいるときは家に上がることもせず、滅多に出くわすことはなかったけれど、稀に顔を合わせても、なるべく目が合わぬように下を向いたではないか。いったいあの女は何が不満だと言うのか。あいつが怒るのはお門違いも甚しい。怒るのは俺たちの方じゃないか——。

「ねえ、吾郎」

吾郎はハッと我に返った。

「だから、誰もいなかったんだからしょうがねえだろ」

「あんた何言ってンのよ。ヒトの話を全然聞いてないんだから」

「…………」

「ホラ、憶えてない？　昔、ウチにこれくらいのきれいなガラスのいれものがあったじゃない」

「…………」

「苺を見てたら思い出したの。苺なんか盛ると、ガラスのギザギザに苺が映ってさ、きれいだった」

時子が言っているのは、父の家にあったあのガラス細工の菓子器のことだ。――あれはウノキの父さん家《ち》にあったよ。――喉もとまで出かかったことばを、吾郎はおし止めた。

「憶えてないの」

吾郎は黙って頷いた。

「どこへやっちゃったのかしらねえ。引っ越しのどさくさで、どこやっちゃったか判ンなくなっちゃったわねえ」

「…………」

「夏になると、母さんがあのいれものにかき氷してくれてさ。好きだったのよ――。あ、あのころがいちばん良かったなあ」

「…………」

「ねえ、吾郎」

「うるせえなッ」

「なに怒ってンのよ、あんた」

「あんなもん、安ものじゃねえかよ、ちゃちなガラス細工の、安ものじゃねえかよ」

「……あんた、どうしたのよ」

姉は騙《だま》されているのだ。安もののガラスの器に騙されているのだ。実際に手にすることはできないと判っているから、安心して、美化された記憶と一緒に安もののガラス細工の夢を紡いでいるのだ。

吾郎は、やり場のない気持ちにことばを失った。固くなった気持ちを全て吐き出してしまいたかったが、どう表現していいのか判らなかった。ぷいと横を向いて押し黙った吾郎を見て、時子は小さな溜息をつくと、食器を片付けはじめた。


その夜、吾郎は熱を出した。

高熱に侵された頭の中で、吾郎はあの川べりの道を歩く自分を夢に見た。川風がもの凄い勢いで歩く吾郎をなぶる。いつの間にか川のむこうの町も川原も消え、あたり一面まっ暗闇になる。空気が水を含んだように重く、吾郎は泳ぐような足どりで土手道を歩いている。思うように動けない。自分の前の空気をかき分けるようにして進む。

何のためにこんなことをしているのかと、ふと吾郎は泣きたいような気持ちになる。父の顔なんて見たくない。お金の入った茶色い封筒も欲しくない。けれど何かに追い立てられるようにして、吾郎は進まなければならない。

後を振り向くと、時子がいる。アパートの窓に体をのり出して、狂ったような目で吾郎を見ている。

――ああそうか、あのガラスの器だ。

はっきりしない頭で、吾郎は考える。時子はガラスの器を待っているのだ。そう思うと吾郎の心は急に萎《な》える。あんなもののために、俺はこの道を歩いているのか。

――姉ちゃん、もう止《よ》そうよ。

声にならない声で、吾郎は時子に呼びかける。時子は聞いているのかいないのか、やはりさっきと同じような瞳で吾郎を見つめている。

――もう止そうよ、判りきってるじゃないか。

そう言いながらも吾郎は足を進めている。

――ねえ。

姉は吾郎から視線をそらして横を向く。口を動かしている。何か歌を歌っているらしかった。

——なにもいいことなんかないよ。

時子にとも自分にともなく吾郎が言うと、時子がびっくりしたような顔になってこちらに向き直った。そして何かにおびえているように首を振った。吾郎は、姉がほんとうに狂ってしまったのではないかと思った。

生きていても、なにもいいことなんてないよ。吾郎はもう一度呟いた。生活は情操だと言った誰かのことばを思い出した。それは間違っていると思った。少なくとも自分に関しては。そして恐らくは時子にとっても。

激痛のような思いが、身体《からだ》を走り抜けた。何もかも、いちように幸せでいたかった。そうでなければ、生きている意味はないような気がした。あり余るほどの幸福のもとでしか生きていきたくない。そう思うことはそれほど傲慢《ごうまん》なことだろうか。そう望むのはいけないことだろうか。

暗闇の中、一本の道と吾郎だけが残された。形のないものにまで夢を注いで、そんなふうに自分を誤魔化してまでこの道を歩くことに、どれだけの意味があるのだろう。吾郎はしゃがみ込みたくなる。死んだ母や、不運な父、時子、父と一緒に暮らしている女——たくさんの人たちの顔が浮かぶ。何千人、何万人という、「生きている大人たち」を思う。

奴等は、今俺が思っていることなど超越してしまったというのだろうか。それぞれに何かしら意味や理由を見つけて——。そんなはずはない。そんなことがあるわけがない。奴等は「超越」したのではない、あきらめてしまったのだ。生きているのではなく生きながらえているのだ。

走ることのできないこの重い空気の中で、暗闇を吾郎は切り拓いた。せめて走り出してみたかった。


「すごい汗」

時子の声で吾郎は目を覚ました。身体全体に熱の膜がはっているような気がする。目が覚めてよかったと思った。

「これだけ汗かいたら、熱も下がるでしょう」

傍に坐って体温計を振っている姉の腕が、やけに生白く見える。

「明日は行けるといいね、学校」

まだもうろうとしている頭の中で、吾郎は時子の声を聞いている。ことばの意味が、うまく頭で接続しない。

「……俺、何日休んだの」

夢の中で、随分と長いこと暗闇の土手道を歩いていたような気がする。

「今日だけじゃない、嫌アね、ちょっと、大丈夫？」

「え」

「今朝起きてみたら、あんた顔真っ赤にして寝てるじゃないの、びっくりしたわよ」

「寝てたの、今日だけ？」

「そうよオ」

「へえ、そう」

吾郎は少しぼやけて見える天井を眺めた。たった数時間のあいだに見た夢を、吾郎はぼんやりと思い出していた。

翌朝、吾郎は太陽が昇るか昇らないかのうちに目を覚ました。熱を計ると平熱に戻っていた。身体が随分軽くなったような感じがした。

襖《ふすま》のむこうで寝ている時子を起こさぬように、吾郎は軋《きし》む窓をそっと音を立てないように開けた。やけて色褪《あ》せ、赤茶けたような色になったカーテンが、生温かい風にふわりと浮いた。頬をすべるカーテンを手でよけて、吾郎は窓の外の錆《さ》びた鉄の手すりにもたれかかった。

吾郎は、夜明け時のこんな時間が好きである。世の中が動き出す前の青白いような時間は、いつもよりゆっくり流れるような気がする。

鳩の鳴く声が聞こえる。電線に巣をかけたクモがせわしなく動いている。視界の中で動くものは、このクモとだんだんに明るくなってくる曇った空だけである。ひっそりと静まり返った通りを二階の窓から見下ろしていると、もう数時間もすれば同じ通りを慌しげな人々が往きかうなどということが嘘のように思えてくる。

半ば開いた襖のむこうで、時子が眠っている。両腕を頭の上に投げ出して、規則正しい呼吸に身体を揺らしている。

「姉ちゃん」

起きているわけはないと思いながら、吾郎は小声で姉を呼んだ。返事はない。

吾郎は舌打ちした。自分の中にあるひとつの考えに、自分で辟易《へきえき》していた。身を乗り出して窓から空を見上げると、吾郎の好きな時間は過ぎ去ろうとしていて、真っ白になった空が目を射た。

小鳥が鳴きはじめた。後《うしろ》で時子が寝返りを打つ。錆びた手すりの上に置いた指先がひんやりしてきた。吾郎はもう一度舌打ちした。

ゆっくりと降りてきた朝がアパートの部屋を白く照らす。吾郎は襖のむこうに見える姉の背中を見て、自分に答えるようにひとりで頷いた。

吾郎が服を着替えて、テレビのニュースを音をしぼって見ていると、時子がもっそりと起き出した。

「ずいぶん早いのね」

「うん、たくさん寝たから」

「なんか食べて行きなさいよ」

「食欲ねエや」

「そんなこと言ったって、きのう一日殆ど何も食べてないンだから……」

時子はパジャマのまま台所に立って、朝食を作りはじめた。

食欲はなかったはずなのに、吾郎は出された食事をきれいに片付けた。時子はそんな吾郎を見て、安心したように大きなあくびをした。

つめ襟の学生服を片手にぶらさげて立ちあがると、吾郎はぽつんと言った。

「今日、帰りにウノキに行ってくるから」

時子はキョトンと吾郎を見あげて「あら、そう」と言った。

初夏の日射しは日に日に強まり、もう長袖の制服は暑い。つかむように持つ黒いつめ襟は、どっしりと重い感じがする。吾郎はアパートの鉄階段を、勢いよく駆け降りた。身体の内側から、なにか蒸気のようなものが吹きあげていた。

最後の授業を終えて外に出ると、吾郎はウノキの父の家へ向かった。今日も父が不在だったら——ふとそう考えたが、そのほうが却って好都合だと思い直した。

玄関の呼鈴を押すとしかし、父は顔を出した。父は吾郎を見ると手招きして家の中へ呼び入れた。女のひとはいないらしかった。

いつものように奥の間に吾郎を坐らせ、自分も向かいに腰をおろすと、父は口を開いた。

「おととい、お前来たのか」

吾郎は黙って頷いた。聞いてしまったのか、あれを——。父はそんな顔をした。吾郎はまた頷いた。

「……そうか」

「…………」

「悪いことをしたな——」

「いや、別に」

「悪かったよ」

「いいってば」

吾郎はかすかに苛立《いらだ》ちをおぼえて言った。言いながら、傍に置かれた戸棚の中を目で探った。

「悪い女《やつ》じゃないんだ」

「うん」

戸棚の中に、吾郎は探していたものを見つけた。細工をほどこしたガラスの器が、四つ並べてあった。

「昨日、もしかしたらお前が来るかも知れないと思ってたんだ。だから昨日も一日中家にいたんだよ」

「そう、昨日はちょっと……」

熱を出して、と吾郎は言わなかった。そんなことをこの父に言っても仕方がないのだ。

吾郎は向き直って父に言った。

「俺さ、もう来ないほうがいいなら……」

「いや、そんなことはないんだ」

吾郎のことばを途中でさえぎって父が言った。吾郎はそれ以上、言うべきことばを持たずに、押し黙って机を見た。

父は少し困ったような表情をしてから、短く咳払いをすると立ちあがった。

「ちょっと待ってろよ」

廊下へ出る父の後ろ姿を見ながら、吾郎は何か言いたかったことがあったように思った。

——父さん。

心の中で呼びかけてみた。父は振り向かずに出て行った。やがて、父が階段を上がっていく足音が聞こえてきた。

吾郎はそのまましばらく坐っていた。父は幼いころ、何になりたかったのだろうとふと思った。

——何にもなりたくないな、俺は。

吾郎は自分のそんな考えを喉の奥で呟いてみる。

父が階段を降りてくる音が聞こえた。吾郎はハッとして顔をあげると、何かに取り憑かれたような素早さで立ちあがり、戸棚を乱暴に開けてガラスの器を手に取った。冷たい感触が身体に響いた。吾郎はそれをわし摑《づか》みにすると、玄関に向かい、外へ飛び出した。駆け出すと、制服のボタンとガラスが触れてカチリと涼しい音がした。

背後で、父が吾郎の名を大声で呼んでいるのを聞いたような気がした。頭の中が真っ白になったみたいだった。吾郎は両腕を大きく振り、振り向きもせずに走った。掌の中に小さな爆弾がある。

線路沿いを競走しているかのように走り続けた。前からも後ろからも緑色の電車がやって来て、吾郎の真横ですれ違った。轟音が吾郎の耳をつん裂く。吾郎は電車の轟音と同時にわあッと叫んだ。叫びながら駆けた。

何かに復讐しているような気持ちがした。何かを苛《いじ》めているような気もした。それは自分かも知れないと吾郎は思った。

土手道まで出て、やっと吾郎は後ろを振り向いた。父の姿はなかった。茶色い封筒を片手に、途方に暮れたような顔をして突っ立っている父の姿を想像した。可笑《おか》しいような悲しいような気がした。

吾郎は、土手の斜面を一気にのぼり、川べりの道を歩きはじめた。歩きながら、ふと手にしたガラスの器に目をやった。

それはさほど美しいものではなかった。台の部分はふちが欠けている。表面のギザギザには、汚れがこびりついている。この窪みのひとつひとつに苺が映ったのだと姉は言った。蛍光灯の下で、この器は安っぽい光を放つだろう。

溜息をひとつついて吾郎はクスリと笑った。笑いはじめたら止まらなくなった。

どういうわけでこれを父の家から盗《と》ってくるなどということを考えついたのか、見当がつかない。時子がこれを懐かしんだから、というわけではない。厚いガラスの野暮ったい器は、手にしてみると驚くような軽さだった。

川のむこうの工場街が、夕日に照らされ赤く染まる。水面に立つ波がキラキラと光る。足もとの道は白く、いつもと何の変わりもなく砂埃の中に続いている。

吾郎は大きく手を振りあげた。小さなガラスの器が、力一杯に振りあげられた吾郎の手を離れた。ガラスの器は川原の上空に、ゆるやかに大きく弧を描き、川端に繁るセイタカアワダチソウの黄色い煙の中に姿を消した。ぽちゃりという水音を聞いたような気がしたが、空耳だろうと吾郎は思った。

土手に立ったまま、しばらく夕焼けを映す川を眺めた。雑草の群れが、ゆるい風に揺れていた。

吾郎は前を向いてまた歩きはじめた。これから夏が始まるのだと思った。長い道の、ずっと先の方は、砂埃にまみれて見えなかった。

かもめ家ものがたり

小さな鏡の前に立って髪の毛の寝グセを直し、頰にくっきりとついた畳のあとをさすりながらコウは溜息をついた。

「まいるよなあ」

洗面台のある二階の板の間から、急な勾配をつくっている階段の途中の段に、小さな水たまりができている。コウは洗面台の下の水道管にひっかけてあったボロきれを足の指でつまみあげ、その水たまりめがけて放り投げた。パリパリに乾燥していたボロきれは、みるみるうちに水気を吸ってドブねずみ色になった。

階段の脇の壁にポツンとある小さな窓が半開きになっていて、そこから雨のしぶきが吹きこんでいるのだった。

コウは顔を洗い終えると階段を降り、素足でボロきれを踏んづけて水たまりを拭きとった。ぴしゃりと閉めた窓をまた思い直したように開けて、覗《のぞ》きこむように首だけ外に出してみる。くもの糸のような細い雨に濡れながら、京浜急行の赤い電車が走っていくのが見える。七月の糠雨《ぬかあめ》である。

「かもめ家」という屋号を誰が付けたのかコウは知らない。二年前、親方に連れられてコウがはじめてこの店に来たとき、親方が床の隅にまるまっている布きれをアゴで指しながら言ったのだ。

「前はかもめ家っていってたらしいンだよなあ」

引きちぎれた旗のようにも見えた、そのホコリだらけの布きれは、ホコリをはたいて広げてみると暖簾《のれん》だった。紺地に白で「かもめや」と染め抜いてある。

そうしてその日から、とりあえずはこの店の主人となったコウが、その暖簾をそのまま使わせていただいている、というわけなのだ。

京浜急行の蒲田駅前に続くアーケード街を、ちょっと脇道にそれたところに「かもめ家」はある。昼のあいだは、おいしい定食を安く食べさせるのが自慢の定食屋で、夕方からは赤ちょうちん風の一杯のみ屋になる。夜はほとんどが常連の客だけれど、昼は学生やらトラックの運転手やら、いろいろな種類の客が入れ替わり立ち替わりで、十人も入れば一杯になってしまう小さな店のわりには、かなりの客をつかんでいる、とコウは思う。

二年前までは品川にある親方の料亭で修業していたコウだが、どういうわけか親方に見込まれてこの「かもめ家」を任された。親方は一切をコウに任せてくれたから、コウは献立づくりから接客まで、全部ひとりでやっている。楽な仕事とは言えないけれど、好きなことをして食べていける自分に、コウはそれなりに満足している。

コウが寝起きしている二階の部屋の板の間から直《じか》に続いている階段を降りると、そこが「かもめ家」の厨房になっている。というよりは、コウが「かもめ家」に最初に来たときには綿ボコリにまみれてくもの巣の張っていた店の階上《うえ》を、自分で手を入れて何とか人の住める部屋にしたのである。

コウの部屋は八畳くらいの広さだが、家具らしい家具は抽出《ひきだし》のついた小さな本棚ひとつなので、ずいぶんと広く見える。その本棚というのは実はコウのものではなく、この部屋に置き去りにされていたものなのだ。骨董屋にでも持っていけば案外いい値で売れそうなその本棚を捨てる気にもなれなくて、暖簾と同じようにコウはそれも使わせてもらっている。

本棚の抽出には、錆びついた万年筆やら動かなくなった腕時計やら写真やら、処理に困るようながらくたが詰まっている。これも前の「かもめ家」の主人が置き去りにしていったものらしい。他人の秘密を覗いているようで気が引けるのだが、コウは時折、抽出を開けてそんながらくたを眺めてみる。何枚かある写真の中には、「かもめ家」の以前の主人とおぼしき男のものもあった。コウはそれをぼんやりと見つめながら、その男が忙しく働いていたころの以前の「かもめ家」を想像してみたりするのである。

身支度をととのえたコウは、前掛けを片手に階段を降りていった。入口のガラスの扉を開け放つと、雨はほとんど止《や》んでいて、湿っぽい夏の空気がむんと押し寄せた。紺色の暖簾を抱えて来て、入口に掛ける。常連の客の何人かは、ガラスの開き戸に暖簾なんて変だと言って笑うけれど、コウはこの不釣り合いな取り合わせが、何ともこの町の雰囲気にマッチしていて良いと思う。

扉の桟《さん》を手で摑んで、コウは思いきり背筋を伸ばした。雨あがりの夏の町は灰色に淀んでいる。「かもめ家」の前の起伏の多いアスファルトの道には、水たまりがいくつもできていて、黒い水面に町の景色を映している。

店の中に戻りかけたコウは、もう一度くるりと振り返って往来に出た。「かもめ家」の前の通りを、国電蒲田駅の方から、二十歳くらいの女の子がひとり歩いて来ていた。

女の子は生成りのような薄いオレンジ色のシャツを着て素足に白いキャンバス地のデッキシューズを履き、急ぎ足に「かもめ家」の方に向かって来ている。コウは吸い寄せられるように彼女を見つめた。

よく日焼けした小麦色の顔に、黒目がちの大きな瞳は、どことなく人を惹きつけるところがあった。コウは扉の蝶番《ちょうつがい》の具合を調べるふりをしながら、彼女の日に焼けた肩のあたりの皮膚が、はがれてまだらになっていることまで見てとった。

彼女はそのまま真っ直ぐに歩いて来て、「かもめ家」の前を素通りすると、アーケード街の方へ曲がっていってしまった。

「あれ……」

コウは期待はずれのような気持ちで呟いた。彼女にどこかで会ったことがあるような気がしたのである。

「どっかで見たことあると思ったンだけどなあ」

道に突っ立って、しばらく彼女の後ろ姿を見送っていたコウは、首を傾げながら店の中へ戻った。

「よオ」

そんなコウの背中をポンと叩いてやって来た、今日いちばんの客は戸村だった。

「どうしたンだよコウちゃん、ボーッとした顔して」

「もともとこんな顔ですよ」

笑いながら答えると、コウは前掛けをしめ直して厨房に入った。戸村はスポーツ新聞を片手に、カウンターのいちばん端の席に腰をおろした。戸村はここひと月ほど、足繁く「かもめ家」に通うようになった客で、来ると必ずこの席に坐り、厨房の中のコウに何やかやと話しかけるのだった。

戸村の首筋にじっとりと浮いている汗を見て、コウは厨房から手を伸ばして扇風機のスイッチを入れた。壁に貼りついて首をうなだれている老朽化した緑色の扇風機が、大儀そうに首を振りはじめた。読んでいた新聞が、頼りない微風にカサカサと揺れるのに気付いて、戸村は顔をあげた。

「腹減ったよ、コウちゃん」

「はいはい」

コウは答えながらステンレスの冷蔵庫を勢いよく開けた。コウの忙しい一日がはじまろうとしていた。

昼の客が全部退《ひ》けたのは、二時少し過ぎだった。コウはそれから、ひとりで遅い昼食をとる。コウは口を動かしながら、朝見かけた女の子のことを考えていた。

——誰だったけな、あれ。

仕事柄、コウは人の顔をすぐに憶えてしまうが、今朝の彼女は客とも違う。昔の流行歌の歌詞の最後の一行が思い出せないときのような気持ちで、コウは記憶の中を探ってみた。

昼食を食べ終えてもまだ彼女のことが頭から離れず、頬づえをついてぼんやりしていると、電話が肩で息をしてけたたましく鳴った。

「はい、かもめ家です」

「コウちゃん……？」

「はい、そうですけど」

「俺よ、俺、俺」

「はあ……」

「柳さんだよう」

「——どうしたんですか、その声」

柳は常連の客のひとりなのだが、ちょっと聞いただけではコウにも判別がつかないほどの嗄れた声をしていた。

「風邪ひいちゃってさあ、ひどいンだ」

「大丈夫ですかあ」

「大丈夫じゃないよオ、腹が減ったよオ」

柳は情ない声を出してコウに訴えた。

「お願いだから、何でもいいから、何か食うもの持って来てくれえ」

「かもめ家は出前やってないんですけどねエ」

コウはにやにや笑いながら、わざと意地悪く言った。

「頼むよ、コウちゃん」

「——しょうがないなあ」

仕方がないので、コウは柳の頼みを了承した。

ありあわせのものを密閉容器に詰めこんで、コウは柳のアパートへ向かった。柳のアパートは、蒲田から少し六郷の方へ歩いたところにある。コウは店で酔いつぶれた柳を、何度か送っていったことがあるのだ。

建物全体が傾いでいるような、木造二階建ての小さなアパートに着くと、コウは鉄階段の裏にまわって柳の部屋の扉に手をかけた。扉を開くにはコツがあって、少し上に持ちあげるようにしてから力一杯に引かなければいけない。

「先生、柳先生」

「待ってたよう」

薄汚れた狭い部屋に万年床がのべてあって、その真ん中に仰向けになったまま、柳がガラガラの声を出した。

「まったく……。生徒には見られたくない場面ですよね」

「ウン」

柳はいつになく素直にそう答えると、布団の上で身を起こした。何が似合わないって、これほど似合わないものはない、とこれは柳自身が言っていることなのだが、柳は公立中学校の社会科の教師なのだ。

「コウちゃんが神サマに見える……」

「何言ってンだか」

コウは作ってきた弁当を柳に手渡し、柳の部屋の小さな冷蔵庫を開けた。中には麦茶の入ったボトルしかなかった。

「この麦茶、飲めるんですか」

「平気だろ、ちょっと前のだけど、冷蔵庫に入れてあったンだから」

「ホントかなあ」

不安を感じつつも、コウは流しの中に転がっていたコップを洗って麦茶を注いだ。柳は布団の上で胡坐《あぐら》をかいたまま、さっそく弁当を食べはじめた。

「こないだから変な天気が続いてるだろ、俺ほんとはデリケートだからさ、すぐに身体に響いちゃうンだよな、あ、ありがと」

柳はすごい勢いで食べ物をつめこみながら、コウから麦茶のコップを受け取った。コウは布団の脇の狭い空間に腰をおろして、柳の部屋を眺めまわした。柳の部屋は大変な量の本で埋めつくされている。人間の使う面積より、本が占有している面積の方が大きいくらいだ。

「これ、少し整理したらいいのに……」

本の山を眺めながらコウが呟くように言うと、柳は麦茶でご飯を流しこんでコウの方を見た。

「駄目なんだよ、この状態から少しでも動かすと、何がどこにあるのか判ンなくなっちゃうんだから」

「なるほどねえ」

言いながらコウは、背後に積み重なっている本に目を向け、その中の一冊を手に取った。

「あれ、これ読んだことあるな」

「え?」

柳はコウが手にした本の題名を確かめると、意外そうな顔をした。

「へえ、コウちゃんこんなの読むの」

「いや、俺が買ったんじゃないんですけどね。お客さんに借りて読んだんですよ」

「――昔の、昔の本だよ。コウちゃん読んでも、面白くも何ともなかったろ」

「ええ、っていうか、ムズカしかったな。柳さん学生のとき、やっぱりこんなこと考えてたんですか」

その本は、七〇年安保のときの有名な活動家が書いたものだった。漢字の多い抽象的な文章はただでさえ読みにくかったが、学生運動について何も知らないコウにとっては、なおのこと難解だった。

柳はコウの問いには答えず、曖昧できまり悪げな笑みを洩《も》らした。

「昔のことだよな」

「は？」

柳は引ったくるようにしてコウの手からその本を奪うと乱暴に放り投げ、布団の上から身体《からだ》を伸ばしてテレビのスイッチを点《つ》けた。

「今日、巨人は大洋とだよな。あ、新聞とってくれる？」

コウは放り出されていた新聞を柳に手渡しながら言った。

「さ、じゃあ俺、そろそろ帰ります」

「悪かったな、ホント」

「気にしないでくださいよ。それより柳さん、ツケたまってますよ」

「うわぁ」

コウは笑いながら立ちあがって、アパートの部屋の小さな土間でサンダルをつっかけた。柳も立ちあがって扉のところでコウを見送った。

「あ、そういえばね柳さん」

帰りがけに思いついたように、コウは柳の方を振り返った。

「大洋の二軍に、俺の友だちがいるんですよ」

「へえ、すごいじゃん」

「鳴かず飛ばずだけどね。——あいつ何やってンのかなあ」

コウはそんなことを呟きながら柳の部屋をあとにした。

朝方の雨のせいか、今日はいっそう蒸し暑い。コウはそろそろ陽の傾きかけた町並を眺めながら「かもめ家」に向かった。

「かもめ家」のすぐ裏手に、八幡神社があって、コウはいつもその境内を通り抜けて神社の裏口に出る近道を通る。八幡神社の前の道はバス通りになっている。コウは右左を確かめながらバス通りを横切りかけた。国電蒲田駅の方から京急バスがやって来て、ひび割れた舗装道の上に残っている水たまりの上でハネをあげた。そのバスが通り過ぎたとき、コウは思わず声をあげた。

「あれ」

通りの向こう側を、今朝の女の子が歩いていた。コウの声に彼女はこちらを振り向いたような気がした。

思わずコウが道路に一歩踏み出した途端、今度は反対側からバスが走って来て、長いクラクションを鳴らした。いったん歩道に退いたコウは焦《じ》り焦《じ》りしてバスが過ぎるのを待ったが、バスが通ったあとには彼女は見えなくなっていた。

翌日の夕方、戸村が飲みに来た。いつものカウンターの端の席に腰かけた戸村は、何となく嬉しそうにしていた。

「なんか良いことでもあったンですか、戸村さん」

「うん、ちょっとさ」

「ちょっと何?」

「仕事のことだよ、つまんないことだけどね」

戸村は自称翻訳家だった。翻訳といっても有名な翻訳家の下請けのような仕事で、それだけでは食えないから他にもいろいろなことをやっている、という話をコウは聞いたことがあった。

「今度さ、『下請け』じゃない仕事が貰《もら》えそうなんだ」

「へえ……！　じゃ、戸村さんの名前が出るんだ」

「うん、一応そうだな」

「すごいじゃないですかあ、おめでとうございます。じゃ、今日はオゴらせてくださいよ」

「いやあ、ありがとう」

カウンターの内側と外側で乾杯を済ますと戸村は本当に気持ち良さそうにビールを飲みほした。

「あ、そうだ、戸村さん」

「うん？」

「こないだ貸してくれた本あったでしょう」

「え？　ああ、あれ」

柳の部屋でコウが見かけた本を貸してくれたのが戸村であったことを思い出して、コウは戸村にそのことを話した。

「……柳？」

「うん、常連のお客さんで――あれ、戸村さん知ってるんでしたっけ」

戸村は、ひと月くらい前からよく「かもめ家」に来るようになった客だ。多分お互いに面識はなかったのではないかと思って、コウは訊ねた。

「……柳？」

戸村はコウの方を見ずに、遠くを見るような目つきになってぼんやりと考えこんでしまった。コウは何か悪いことを言ってしまったのかと思って戸村の顔を覗きこむようにした。すると戸村は、いきなり真剣な顔になってコウを見返した。

「柳って、柳治郎じゃないだろう？」

「ああ、そうですよ、確か治郎って名前だったな」

戸村は泣きそうな顔になった。泣きそうな顔で、「嘘だろ」と呟いた。

「え？」とコウは訊き返したが、戸村は答えずにうつむいて黙りこくった。気が引けてそれ以上深くは訊けないほど、何ともいえない悲愴な顔を、戸村はしていた。

やがて戸村は黙ったまま席を立った。その拍子に、さっき戸村が空にしたばかりのビールのコップがカウンターのテーブルの上に倒れた。けれど戸村は見向きもせずに、そのままふらふらと店を出て行ってしまった。

その夜、先刻の戸村の様子を考えてあれこれと案じながら、コウが店仕舞いしていると「かもめ家」の暖簾を乱暴に取り外して親方が店に入って来た。

「お前、この時間になったら暖簾はすぐに外しとけ」

「あ、すいません」

親方は抱えた紺の暖簾を店の隅にたてかけると、カウンターの椅子をガタガタと引きずり出して腰をおろした。

「調子はどうだよ」

「ばっちりっすねえ」

こういうとき、下手に「ぼつぼつ」とか「まあまあ」とか言ってはいけない。品川の親方の料亭にコウが住み込みで働いていたころから、親方はそういう言い方をひどく嫌っていたのだ。

親方がコウのどこを見込んでこの「かもめ家」を任せてくれたのか、コウは今もって判らないでいるのだが、「ばっちりっすねえ」と切り返せるような歯切れの良さが、親方の気に入っているのかも知れないなどとたまに思う。

「今日、品川の方はどうしたんですか」

　コウは親方に訊ねた。

「臨時休業、臨時休業」

　親方は荒々しくそう言い放って手をヒラヒラと振った。

「今日はツキ出しは何が出た？」

「あ、南蛮漬けですけど」

「またかあ、お前はまあ馬鹿のひとつ憶えみたいにそればっか作るなあ」

「はあ」

「味みてやるから出してみな」

「もう漬かっちゃってるから辛いかも知ンないけど……」

「いいよいいよ、それから一本つけてくれよ」

　何だ結局そういうことかとコウは可笑しくなったが、笑いを嚙《か》み殺して「うーい」などと返事をした。

　親方はそれからしばらく、酒を飲みながらコウが翌日の仕込みをしているのを見て、あれこれと文句をつけていた。コウはいちいちそれに返事をしながら厨房の中で立ち働いた。

　仕事に区切りをつけたコウが、腰に手をあててふッと短く息をつくと、親方が徳利を持ちあげてコウを見あげた。親方が「かもめ家」にやって来るのはいつも突然なのだが、こんなふうに飲んでいくのは珍しいことだった。親方は手を伸ばして自分でもうひとつコップを取ると、それをコウに渡した。

「あ、どうもすいません。頂きます」

親方と飲むのはどれくらいぶりだろうと考えながら、コウは親方の注いでくれたコップに口をつけた。そんなコウの横顔を見ながら、親方がいきなり言った。

「お前、今月まだ給料でてないだろう」

「は?」

コップを手にしたまま、コウはしばらくぼんやりと親方の顔を見返した。

「……ああ、そう言えば――」

親方は天井を見あげて溜息をついた。

「だろうなあ、そういうことは、全部アイツに任せっきりだったからなあ」

アイツというのは、親方の奥さんのことだ。コウが品川の料亭にいたころには、奥さんは親方の片腕となって働いていた。長い髪をキュッと後ろで束ねて、口数は少なかったけれど働き者だった。コウが「かもめ家」を任されたあとは店が大きくなって、人も多く雇うようになったので、奥さんは家のことだけをしている、というような話をコウは聞いていた。奥さんは律義で几帳面な人でもあった。コウの月給は毎月ピッタリ同じ日に振り込まれていたのだが、そう言われてみると今月は遅れているのだ。

「出てっちまいやんの」

「え？」

「ついてけません、だと。出てっちまってやんの」

「……親方」

「何のかんの言っても、堅気の娘だもんなあ」

親方はそう言って自分のコップをぐいと空けた。

親方の包丁さばきは神業だと、コウは今でも思うけれど、親方はこの道一本でやって来た人ではない。気に入らない客に対する言葉遣いや、ときどきアレッと思うほどの丼勘定をしてしまう親方の感じから、コウも普通でないものを嗅ぎとってはいた。

コウがまだ品川の店にいたころのある日、純白のスーツから真っ赤なシャツの襟を出したひと目でそれと判る連中が、親方を訪ねて来たことがある。しかも親方が煙草をくわえると、連中のひとりがサッと金のライターを出して火を点けたのである。コウは正直なところコワイな、と思った。つまり親方は以前「極道」をしていたのだ。それもかなり偉い方だったらしい。

親方はその夜、「かもめ家」でべろんべろんになるまで飲んでいった。ふらつきながら「大丈夫だよ、大丈夫」などと言って帰る親方の後ろ姿を、コウは見つめることしかできなかった。

柳の風邪が全快したのは、それから二、三日してからだった。久し振りで柳が「かもめ家」に飲みに来て、全快したと大声で騒ぐので、常連の客の何人かも加わって柳の全快祝いのようになってしまった。

まだ日も暮れないうちから飲みはじめた連中は、ナイター中継がはじまるころには既に良いご機嫌だった。

「あ、コウちゃん、コウちゃんの友だちで大洋の二軍にいるって奴、あがって来そうなの?」

テレビでナイターを観ながら、柳が思い出したようにコウに訊ねた。

「さあ……、どうなんでしょうねえ」

「へえ、コウちゃん野球選手の友だちがいるの」

別の常連が、コウの方に顔を向けてそう言った。コウは曖昧に「ええ、まあ」と言って頷いた。そうしながらコウは、昨晩の茂一《もいち》からの電話を思い出していた。

大洋の二軍で投手をしている茂一は、コウの高校のときの友人なのである。その茂一が、前日の夕方、「かもめ家」に電話をかけてきたのだが、どうも様子がおかしかったのだ。元気がない、というのではない。カラ元気の強がりというのか、そんなものがコウには感じられたのだ。が、近いうちに「かもめ家」に遊びに行くと茂一が言うので、コウは気になりながらも受話器を置いたのだった。

「なにボケッとしてンだよ、コウちゃん」

常連の呼びかける声でコウは我に返った。連中の酒は陽気だ。カウンターに並んで腰かけて、大声で語り合っているけれど、誰の話を誰が聴いているのか判らない。

コウはカウンターの端の、ひとつだけ誰も坐っていない椅子に目をとめて、思い出したように言った。

「あ、そうそう柳さん」

柳は赤黒くなった顔をコウの方に向けた。

「戸村さんって知ってます?」

「とむら……。誰だろう」

「近ごろよくウチに見えるお客さんなンですけどねえ、こないだ戸村さんに柳さんのコト話したら、何か知ってるような感じだったから……」

「――へえ」

「あ、ホラこの前柳さんの部屋に行ったとき、俺がお客さんから借りて読んだことあるって言った本――」

柳の表情が変わった。

「あれ、その戸村さんに借りたンですよ」

柳の顔から、酔いの色がぬけていくようだった。柳はコウの顔をまじまじと見つめた。

「なんだって」

コウは柳の声の調子に少し驚いて、思わず見つめ返した。

「や、やっぱ、お知り合いなんですか」

たたみかけるように柳が訊ね返した。

「戸村、何ていうの、下の名前は」

「ええと――何だっけな、思い出せないけど」

柳は酔いを振り落とすように頭を振った。他の常連客たちが、そんな柳をうかがい見た。それに気付いた柳が「いや、何でもない何でもない」と言って否定するように手を振ったので、みんなは再び話をはじめたりテレビの画面に目を戻したりした。柳だけが、ビールのコップをふさぐようにした手の甲に顎《あご》をのせて、眉間にシワを寄せて黙りこんでしまった。

コウはそんな柳の様子が気になったが、ご新規の客が来て応対に忙しく、柳の相手ができなくなってしまった。

無口になった柳はひとりでビールを呷《あお》っていた。長いことそうしているうちに、他の客もひとりふたりと帰りはじめ、とうとう店の中に柳とコウのふたりだけが残されたとき、やっと柳は口を開いた。

「コウちゃん」

「はい?」

「その、戸村って奴――」

「……ええ」

「ほっぺたに、穴があいてるだろ」

「アナ?」

思わず訊き返してから、コウは思い出した。戸村の左頬には、ちょうど水疱瘡《みずぼうそう》のあとのような小さな傷あとがあるのだ。

「あ、ええ!　そういえば」

コウが頷きながら答えると、柳はその大きな掌で顔を覆うようにして、深く溜息をついた。

「オサムだ……」

「え？」

「修《おさむ》っていうんだよ、戸村修」

柳は吐き出すようにそれだけ言うと、ふらりと立ちあがった。厨房の中に突っ立っているコウを振り向きもせず、柳はふらつく足どりで往来に出ようとした。

そのとき、暖簾をかき分けて店に入って来たひとりの男がいた。「もうおしまいなんですけど――」と言いかけてコウは止《や》めた。入って来たのは戸村だった。

柳の顔を見た戸村は、ひッというような音にならない声を出したようだった。そうして片方の眉だけ吊りあげたような複雑な顔になった。それは泣き笑いのようにも見えた。

「修」

柳がそう言った途端、戸村はものすごい勢いで後ろを向いて走り出した。――あ、戸村さん、とコウが声をかけるよりも早く、柳が戸村のあとを追うように駆け出した。それはまるで、長年捜していた犯人を見つけた刑事のような感じだった。

「かもめ家」に茂一が訪ねて来たのは、その翌日だった。ちょうど昼と夜の開店のあいだの時間で、コウは夕方の仕込みを済ませてひと休みしていたところだった。

戸口の扉に、大きな身体をもたせかけるようにして、どことなく恥ずかしそうな感じで立った茂一を見て、コウは思わず笑みを洩らした。

「何やってンだよ、そんなとこに突っ立って――」

「へへへ……」

「へへへじゃねえよ、早く入れよ」

同級生だった茂一が、テスト生で大洋に入団したのは、高校を卒業したすぐあとだった。

コウや茂一の故郷は国府津《こうづ》の近くの小さな海辺の町である。ほぼ時を同じくして上京したふたりは、高校のときと変わらないような付き合いをし続けてきた。高校のときからコウの方が親分格で、茂一は何かにつけてコウを頼っていた。東京に出て来てからも、茂一は何かに行き詰まると必ずコウのところを訪れて来ていたのだった。

テスト生の二軍生活は辛いことも多いらしく、コウは何回か茂一の愚痴を聞かされた。それでもコウは、ドラフトで入団した選手たちのように華々しいデビューは飾れないかも知れないけれど、いつかきっと、茂一の投げる見事なカーブをテレビで見れる日が来るだろうと、密かに期待してもいたのだった。

「元気そうじゃん」

　店の中に入って来て、カウンターの椅子にゆっくりと腰かけた茂一に向かってコウは声をかけた。

「うん」

茂一は笑いながら答えたが、何となくコウの顔から目をそらすようにしていた。

「何かあったのかよ」

「——いやァ、別に」

そう答えた茂一の声はやはり沈んでいるようで、コウは厨房から出て前掛けを外した。

「どうしたンだよ」

「——はは」

茂一は練習のせいで真っ黒に日焼けした、逞《たくま》しい腕をテーブルの上で交差させた。そうして遠慮がちに言った。

「ちょっと……、飲ませてもらっていいかな」

まだ外は明るかった。コウは少しびっくりして茂一の顔を見たが、すぐに「ちょっと待ってよ」と言い残して二階の自分の部屋にあがって行った。

コウは部屋の本棚に飾ってあった、とっておきのオールドパーを小脇に抱えて降りて来た。茂一の頬がゆるんだ。

茂一は、氷も水も入れずに、黙々と杯を重ねた。夏の日の夕暮れはゆっくりと訪れる。コウは暖簾のむこうに見える暮れなずむ町並と茂一の顔とを交互に見較べながら、すぐに空になる茂一のコップにウイスキーを注いだ。

「コウちゃん」

四杯目を空けたとき、ようやく茂一が口を開いた。

「俺、クビになったわ」

「……?」

「大洋、クビになっちゃった……」

「あ!……」

「もう、死んじまいてエよ――」

コウはことばを失ってうつむいた。アーケードの方から、有線放送の割れた音が流れてきていた。

国府津の近くで、茂一の実家は海産物のビン詰をつくっていた。タイミング良くか悪くかは判らないが、茂一の父親が倒れたという報《しら》せがつい最近届いたのだと茂一は言った。

土間に毛の生えたような小さな工場で、ごま塩の頭をビン詰の機械の震動に合わせて揺らしながら、黙々と仕事をしている茂一の父親の姿を、コウもよく見かけたものだった。

「兄貴ひとりじゃ、機械まわせないってよう」

茂一はコウの方を見ずに言った。

「――帰るのか」

「それしかないだろ」

「…………」

「俺っていつだってこうなんだ、昔から」

「茂一……」

「俺、ここで何やってたんだろうなあ、廻り道ばっかだよ」

「そんなこと言うなよ」

男はみんなカッコよく泣くわけではない。茂一の目尻に光る涙を見ながら、コウはぼんやりと、茂一と過ごした海辺の町での日々を思い出していた。東京にはいろんな連中がいて、それぞれが自分の問題を抱え、時にはこんなふうに、他人には見られたくない涙も流すのだろうと思った。

茂一が、国府津に帰る前に羽田空港に行きたいと言い出した。

「遠征っていうの、したかったンだよ、俺。揃いのスーツ着てさ、ネクタイしめて、飛行機のりたかったンだよ」

そう言う茂一に付き合って、次の「かもめ家」の定休日にコウも一緒に羽田へ行った。

出発ロビーの階上にある空港内の喫茶店に入り、ふたりは窓際の席が空くのを待った。

茂一の大きな黒いカバンから青いヘルメットがのぞいていて、コウは思わず目をそらした。

目の前に運ばれたアイスコーヒーのストローをかき回しながら、茂一は窓の外に並ぶ飛行機を眺めた。夏の日射しが、茂一の頬を白く照らした。無言の茂一にかけることばを見つけられず、コウも黙って窓の外を見た。巨大な飛行機に仕える召使いのように、白いツナギのグラウンドサービスたちが機体のあいまを動き回っている。

「飛行機ってよう……」

先にコウが口を開いた。茂一が目を動かして、コウに話の続きをうながした。

「いや、飛行機って、でぶだなあ」

呟くようなコウの言葉に、茂一が弾けたように笑った。ひとしきり笑ったあと、アイスコーヒーをひと口飲んで上目づかいにコウを見ながら茂一が言った。

「変わらないなア、コウちゃんは」

「そうかあ?」

別に笑わそうと思って言ったのではないけれど、茂一が笑ってコウは何となくホッとした。

横浜までバスで出ると茂一が言うので、空港内のバス停までコウは茂一を見送った。

バスに乗った茂一は車窓ごしにコウを見て、アゴを突き出すような挨拶をすると、あとは出発まで前を向いて無表情な顔をしていた。コウも軽く手を挙げると、手持ちぶさたな感じでバス停に佇んだ。

バスが動きはじめると、茂一はもう一度コウの方を見て伏目がちに少し笑った。コウはバスの後ろ姿を、見えなくなるまで見送った。ふと、他に茂一を見送る人はいなかったのだろうかと思った。

空港から京浜急行の羽田空港駅までは、かなりの距離があるのだが、コウはぶらぶらと歩いていくことにした。ガソリンスタンドを過ぎると、左手に海なのか川なのか判らないような、淀んだ河口が見えてくる。午後の日射しをうけてキラキラ光る河口を見ながら、コウは大きく手を振って歩いた。トンネルを過ぎたあたりで後ろを振り返ると、赤い鳥居が見えた。空港の敷地内に、多少場違いな感じで突っ立っている。

今の穴守稲荷は羽田空港のひとつ手前の駅の近くだが、昔はこの空港の敷地内にお稲荷さまがあった。戦前までこの広大な敷地は、羽田穴守町、羽田鈴木町、羽田江戸見町という三つの町だった。それが占領軍の撤去命令で、たった二日のうちに、家も路地も神社も町全体が姿を消してしまった。けれどたったひとつ消えずに残ったのが、穴守稲荷のこの赤い鳥居なのだ。そんな話を、コウは店の客から聞いたことがある。

しばらくは鳥居を見ながら後ろ向きに歩いた。弁天橋に着くころには陽も傾きかけていた。弁天橋の欄干にもたれ、海老取川で釣りをしているのを眺めた。麦藁帽子にランニングシャツと、みんな同じような格好をしている釣りの老人たちは、誰も無言で糸を垂れている。こんな汚れた川に魚がいるものだろうかとコウは思ったが、これが案外と釣れるのだった。沖の方から、時折モーターボートが帰って来る。モーターボートには、空港の敷地内にあるホテルの客が乗っているのだ。老人たちは水面に激しく波を立てるモーターボートを、目だけ動かして睨《にら》みつけると、あとはまた黙々と魚がかかるのを待っている。

海老取川沿いに林立する巨大な看板の裏を通って、コウは駅に向かった。上半身裸の子どもが、オモチャの釣竿を片手に細い路地を駆けまわっている。看板の陰になって見えないこの町に、ほんとうの羽田があるような気がする。

久々の丸一日の休日、飛行機見物をしたことがコウには何だか可笑しくて、電車の扉にもたれかかって唇をつき出した。茂一のことを考えると、少し哀しかった。

電車が京浜蒲田駅に着く直前、駅のすぐ手前に踏切があり、電車はそのあたりでスピードを落とす。扉の脇に立って窓から外を見ると、踏切を待っている人たちの顔が見える。何気なく窓の外を見ていたコウは、思わず声をあげそうになった。

あの子だ。思い出せない歌詞の一行の彼女が、踏切の前に立っていたのである。

コウは半分口を開けたまま、京浜蒲田のプラットホームに降り立った。先週の雨あがりの日には柳のアパートへ行った帰りにも彼女を見かけているから、一週間のうちに三度も会ったことになる。気になる顔なのに、やはりどうも思い出せない。

改札口を出たコウは、もっと驚くようなことに出くわした。その彼女が、コウの目の前に立ってニコニコ笑っていたのである。

彼女は黒い瞳を光らせながらコウに話しかけた。

「三度目でしょ」

「は⁉」

「あたし、あなたに会うの三回目なンです」

コウは掌で顔全体をなでた。

「三回も会っているのに知らんふりしてるのもおかしいと思って」

雨あがりの朝、「かもめ家」の前を通ったときも、八幡神社の前のバス通りでも、彼女はコウの方をなんか、ちらりとも見なかったような気がする。

「踏切のとこで、電車の中にいるあなたを見たとき、すごい偶然だなあって思って――。あたしに会うの三度目だって、あなたは気付いてました？」

コウは力一杯頷いた。

「よかった。そうでなかったら、あたしバカみたいだもんね」

また会えると楽しいね、彼女はそう言い残して踏切の方へ駆けていった。コウはただただ呆然として彼女の後ろ姿を見送った。光るような彼女の笑顔が、コウの心に軌跡を残した。


「コウちゃん、コウちゃん」

揺さぶられる震動と、鮎子の声で目を覚ました。

「起きてよう、コウちゃん」

目覚めないふりをして、不意をついて鮎子の腕を引き寄せた。

「馬鹿」

するりと逃げて立ちあがり、鮎子はカーテンを音を立てて開けた。夏の光が眩《まぶ》しくて、コウは顔をしかめた。鮎子が「かもめ家」に転がりこんでから、十日目の朝である。

「ゆうべコウちゃん、品川に行くって言ってたからさ、早目に起こしたよ」

鮎子が背中を向けたまま言う。十日間で、コウの、「かもめ家」の生活に、すっかり馴染んでしまっている。不思議な奴だ。

鮎子をはじめて見かけた朝のように、あの日も雨が降った。雨は日中降りつづけ、夜になっても止《や》まなかった。ラストの客も早く退けて、コウは「かもめ家」の暖簾を外そうとした。その途端、ついこの前「また会えると楽しいね」と言ってコウの前から姿を消した、あの女の子が、入口のガラス戸を弾くように体あたりで開けて入って来たのだった。

鮎子と名のった彼女は、雨宿りさせてほしいとコウに頼んだ。よく俺が「かもめ家」にいることを知ってたね、とコウが驚くと、「だってはじめて会ったとき、あなたここの前掛けしめてお店の前に立っていたじゃない」と笑って答えた。変な女だと思った。

雨が止むまでいていいか、と鮎子はコウに訊ねた。いいよ、と答えると、「ほんとうに?」と重ねて訊くので、「俺はいちど約束したことを破ったことはないんだ」と言ってやった。

雨は夜更けになっても止まず、とうとう朝になっても止まなかった。コウは約束を破るわけにはいかなかったのだ。けれど結局、雨が止んでも鮎子は帰らなかった。

「品川のお店ってさ、コウちゃんのお店なの?」

鮎子が、コウから夏掛けをひっぺがしながら訊く。

「ンなわけねえよ。かもめ家のオーナーの店だよ」

「かもめ家のオーナー？」

夏掛けをたたむ手を止めて、鮎子がキョトンとした顔でコウを見た。

「なあに、それ。オーナーってコウちゃんじゃないの」

「ちがうよ、だから……」

「あ。じゃ、あれか、コウちゃんは雇われママか」

「……雇われママあ？」

「うん」

「とりあえず、ママっていうのは抵抗あるよな……」

「じゃ何よ、雇われ――マスター？」

「マスターねえ……」

コウは呟きながら、寝そべったまま両脚を宙にあげた。ちょうど後向きになってコウの夏掛けをたたんでいる鮎子の背中を、脚でそのまま突いてみた。

「いやだッ」

前につんのめりながら高い声で叫んだ鮎子は、壁に手をついてヘナヘナとしゃがみこんだ。そうしてくるりと振り向き、怖い目でコウを睨むと、起きろオッと言ってコウがまだ寝ている布団を両手で引っ張った。よく日焼けした小麦色の鮎子の腕だが、裏側はドキッとするほど白い。その白い肌の上に、力を入れたせいで青い血管が浮く。それがコウには何だか可愛く思えた。

親方の料亭というのは、品川駅から歩いて三分くらいのところにある。そんな一等地に料亭が持てたのも、親方の「極道」時代のコネであるらしい。

指も全部揃っているし、コウの知る限りでは刺青もしていない親方だけれど、ヤクザ稼業から足を洗うのは並大抵のことではなかっただろう。それでも親方が堅気になって包丁を握っているのは、きっと「堅気の娘」だった奥さんと一緒になるためだったのだろうと、コウはひとり勝手に想像し、いい話だなあ、などと思っていたのだ。――

品川の料亭の裏口は、開けっ放しになっていた。コウは階段の下から声をかけた。

「おはようございます」

「うーい」

けだるい鉛色の親方の声を聞いて、コウは溜息をついた。やはり奥さんは出て行ったきりまだ戻っていないようだ。

「階上《うえ》にいるからよう」

親方の叫ぶ声が二階から聞こえてきた。コウは裏口を閉め、狭い階段を上っていった。

料亭の二階には座敷がいくつかある。階段を上ったすぐ左手の座敷の襖が開いていた。座敷の入口の沓《くつ》脱ぎに敷いてある泥よけが、めくれあがったままになっている。奥さんがいれば、こういうことは絶対にないだろうと思いながら、コウはつま先で泥よけの位置を直した。

上がり框《かまち》に膝をついて座敷の中を覗いてみると、さえない顔つきの親方が卓袱台《ちゃぶだい》を前に胡坐をかいていた。座敷の中は散らかし放題に散らかっていて、坐っている親方の周りには脱いだままの形のシャツ、団扇《うちわ》、ビールの空缶などが散乱していた。卓袱台の上では、茶シブのついた湯呑が転がり、灰皿からは吸殻がこぼれている。

「ごくろうさん」

読んでいた新聞から目を離して、親方はコウの方を見やった。そうして、開いたまま放り出してあった週刊誌を叩いたりしながらその辺を探り、やがて白い封筒を引っぱり出した。封筒の上には親方の金クギ流で「給料」と書かれている。

「これ、遅れて悪かったな」

「あ、どうも」

奥さんがいないと、親方は銀行の口座振り込みもできないらしい。

しばらく黙ったまま、向かいあって坐っていたが、コウは我慢できずに遠慮がちに親方に訊ねた。

「連絡、ないンですか、奥さんから……」

コウの問いに、親方は力なく頷いた。年々広くなる額に汗を浮かべて団扇を使う親方を、コウはそっと見あげた。そうしながら、奥さんは親方のどんなところに「ついてけません」だったのだろうか、と考えていた。


「鮎子は、じゃあ何年生まれなんだよ」

「あててみなよ」

「二十二、三だろ?」

「ズバリ一発、ヒントなしのチャンス三回」

毎夜、鮎子のことをひとつずつ訊ねるのは何だかゲームのようで楽しかった。

鮎子は自分のことは何ひとつ語ろうとしないくせに、たった半月のあいだにコウとの生活に溶けこんでしまった。そうしていてちっとも違和感はないけれど、半月一緒に暮らしていて鮎子の何を知っているかと考えるとき、コウは何だか騙《だま》されているような気になる。つかみどころのない女だった。

「二十一からいってみるか」

「あ、あたったあ」

「まだ二十一かあ、じゃ俺と……」

「いくつ違い?」

「ズバリ一発、ヒントなしのチャンス三回……」

鮎子のことを知っていると思ったのは錯覚だったのかも知れない、と近ごろではコウも思う。何しろこれだけ一緒にいて、いまだに思い出せないのである。しかしやはり何か不透明なものが鮎子を包んでいるようにも感じる。そうしてそれが、鮎子をいっそう不思議に見せているようでもあった。

ときたまコウは、ずっと以前から鮎子と一緒に暮らしているような気になることがある。でもそれは、鮎子が「忘れた歌詞の一行」であったからなのかも知れない。

「かもめ家」の仕事を手伝うと言い出したのは鮎子の方で、近ごろでは常連の客からも鮎ちゃんなどと呼ばれて可愛がられている。整った顔だちというわけではないが、小麦色の顔に時折のぞく白い歯と、黒目がちのよく動く大きな眼は、ちょっと人をどきっとさせることがあった。厨房の仕事も、おそるおそるやっていたのはほんの二、三日で、手つきも客との話しぶりも、コウが驚くほど物馴れていた。

この辺りのことにも、鮎子は詳しかった。コウはこの町に来てまだ二年にしかならないけれど、それにしてはこの町のことをよく知っている方だと思っている。けれど、鮎子は長年住み慣れた者の持つ親しさを、この町に持っているようだった。

鮎子と一緒に駅前の通りを歩いていたりすると、見知らぬ人が会釈してくることがある。コウは会釈しかえしてから、あれは誰だったかな、などと考え、やがて今の会釈は鮎子にだったのだ、と気付くのだ。

鮎子は以前、この町に住んでいたのかも知れない。――そう考えると、この町に鮎子が住んでいた、もしかするとこの町で鮎子は生まれた、ということは全く違和感がないのだった。一緒に暮らしはじめた最初のころにはおずおずと町を歩いていた鮎子は、すぐに風景の一部になった。

山の手の住宅街から蒲田を終点にして走っている私鉄に乗ると、コウはいつもあることを想像する。閑散とした列車は、終点の蒲田に近づくにつれて速度を落とす。ガッタンゴットンと車体を軋《きし》ませる揺れが大きくなるころ、ふと窓の外に目をやると、線路沿いの道の幅があきらめたようにいきなり広くなるのが見える。線路脇に続く、あっけらかんとしたカラッポの道である。

コウはその道を眺めながら、頭の中で鮎子にその上を歩かせてみる。すると鮎子は、不思議な簡単さでそのカラッポの道を跳ねるように歩き、コウを見つけるとニコッと笑うのである。

多摩川は、国鉄と京浜急行の鉄橋を過ぎたあたりから六郷川と名を変える。鉄橋を過ぎると川は幅を広げ、面倒臭そうにゆっくりと、濁った水を海へ運んでいる。それでもよく晴れた日には、深い緑色に見える川面に太陽が反射して、無数のキラキラをつくる。

鉄橋の手前の川原に、だだっ広いグラウンドがある。休日には草野球チームやら親子連れやらで賑わう、平凡で平和そうなその景色を見おろす土手に、柳とコウは並んで腰かけていた。

炎天下の散歩にコウを誘い出したくせに、柳は無言で坐っている。むせかえるような草いきれのむこうに、陽炎《かげろう》に揺れる川が見える。水面が眩しい。柳は大きな掌で両目を覆うようにして、やっと口を開いた。

「――暑いな」

いつもと様子の違う柳にコウはとまどって、柳の方をうかがい見た。柳はそんなコウに気付いているのかいないのか、やがてぽつりぽつりと話しはじめた。

学生時代、柳と戸村は、衰退して形だけのものになった学園民主化運動の同志だった。手段の目的化とか、運動の形骸化などという言葉が新聞を賑わせはじめたころだったが、柳たちの耳にはそんな言葉は入ってこなかった。入れようとしなかった。そうしていて疑問の湧く余地のないほど、毎日が真剣勝負だったのだ。

そのころ戸村は、羽田闘争にも首を突っこんでいた。ある夜、戸村が柳の部屋にびしょ濡れの姿で転がりこんで来たことがあった。戸村は柳の部屋にヘナヘナとしゃがみこむとガタガタ震えだした。

「もうイヤだ、もう俺、怖い」

戸村は幼児のように坐りこんだまま、震えながら何度も何度も呟いた。顔にひどい傷をうけて、濡れた服は血だらけだった。

羽田のデモに参加した戸村の目の前で火炎ビンが炸裂し、破片が頬に突き刺さったのだという。機動隊の放水に遭っても、腰が抜けて動けなかったのだという。

その夜を境に、戸村はどこか様子がおかしくなり、ある日突然失踪した。内ゲバが激しくなっていた時期だった。戸村の居所を知っていると疑われた柳は、組織からひどい制裁をうけた。

日本中が加速度をつけたように豊かになっていく中で、柳も戸村も空腹のために眠れぬような夜を幾度も過ごしていた。そんな生活に疑問はなかった。けれどあの夜、戸村ははじめて言った。

「でもどうして……？　どうして俺たち、毎日命賭けてンだろ……」

呼吸するのさえ辛いほどの私刑《リンチ》をうけたとき、柳の脳裏にその戸村の呟きが妙に生々しく浮かんだ。

やがて柳も組織から脱落したが、柳の中に戸村に対するしこりだけは残った。そのままずっと、できるものなら一生、戸村には会いたくないと思っていたのだと柳は言った。

「会っちゃったら何しちまうか、自分でも怖かったしな――」

コウは何と言っていいのか判らずに、下を向いて手もとの草をちぎった。

「でもまあ、修も変わったよなあ。今は何か、翻訳とかしてるんだってな」

「ええ、そうらしいですね」

柳はふッと溜息をついて、コウの方を見た。

「……判ンねえんだよなあ」

「何がですか」

「いやさ……」

川原のグラウンドで少年野球のチームが試合をしていて、時折上がる歓声がふたりが坐っているところまで届く。柳はそちらをちらっと見てから続けた。

「――昔の仲間に、たまにバッタリ出くわしたりするんだよ」

「ええ」

「いねえンだよな、あのころの面影ひきずってる奴なんて。川のむこうの住宅街に建て売り買って、ローンで頭いっぱいだったりするんだよ」

「………」

「そういうのとさ、あのころと。奴らにとってどっちが本当だったンだろうって――」

話す柳の横顔を見ていたコウは、下唇を噛んで自分の足もとに視線を移した。若緑の雑草の中に、ひしゃげた空缶のプルトップが光っていた。

グラウンドの方で、また歓声が上がった。白いユニフォームを着た男の子がバットを投げ捨て、自分の打球を目で追いながら走り出すところだった。

「ホームランだな……」

柳が目をしばたたきながら呟くように言った。白い球が空に大きな弧を描く。その行方を追って首を動かしている柳を見ながら、コウはさっきから訊ねたかったことを口に出した。

「柳さんにとっては――?」

柳はまだ球を目で追いながら、「ん?」と言った。

「柳さんにとっては、どっちが本当なんでしょうね。中学の先生やってる自分と、昔の自分と――」

柳は眩しそうに視線を戻した。そうして短く、けれどはっきりと答えた。

「今」

土手の斜面が、夏の風に吹かれて緑のさざ波を立てた。


「コウちゃんじゃなあい？」

華やかな声に、コウと鮎子は後ろを振り向いた。

蒲田駅東口の商店街は、日曜日の歩行者天国である。暮れかけた晩夏の陽射しが、商店街の入口にぎっしり並んでいる自転車をオレンジ色に照らしている。

短い髪を明るい茶色に染め、高そうではあるがどうしようもなく趣味の悪い派手な服を着た女が、光る自転車を背にして立っていた。逆光のせいで輪郭だけがいやにくっきりと浮かびあがり、女の顔は暗くかげって見える。

「コウちゃん、よねえ？」

女は笑いながらコウの方へ近づいて来た。鮎子がけげんそうな面持ちでコウを見あげ、

「知ってる人？」と小声で訊いた。コウは呆然として女の顔を見つめた。

「イヤねえ、判ンないの？　あたしよ、あたし」

真っ赤に塗った唇を開け、女はさも可笑しそうに声をあげて笑った。

「――奥さん」

コウは信じられないような気持ちで呟いた。奥さんは身体を折り曲げるようにして手を叩いた。長く伸ばした爪に赤いマニキュアが光った。

「やっと判ったみたいねえ」

言いながら奥さんはまた笑った。

「――何してンですか、こんなとこで」

コウはやっとのことでそれだけ言った。奥さんはそれには答えずに、妙に甲高い声を出した。

「コウちゃんは変わらないねえ、嬉しくなっちゃう。かもめ家はどう？　うまくいってるの」

「そんなことより……」

言いかけたコウを遮るように、奥さんは早口に喋《しゃべ》った。

「あたしねえコウちゃん、あの人と別れたの」

「わかれたっつったって――」

「もう戻る気ないの、お願いだからもう何も言わないで」

コウが言い返そうと口を開いたとき、三十過ぎくらいに見える男が来て、奥さんの背後に立った。

「知りあい？」

男が奥さんの耳もとで訊ねた。奥さんは振り向いて頷いた。

「この暑いのにこんなとこで立ち話も何だろ。兄さん、よければその辺でお茶でも」

あとの半分はコウに向かって、男は言った。光るような真っ白なスーツに黒いサテンのシャツ、大きく開けた胸もとには太い金の鎖が見える。堅気でないのはひと目で判った。

「いえ、いいんです」

コウはふたりに軽く頭を下げると、鮎子をうながしてくるりと背を向けた。黙って歩きはじめたコウに、鮎子が目を丸くして訊ねた。

「あれが、あのヒトがコウちゃんの言ってた親方の奥さん？　全然イメージ違うじゃない」

コウは何も言わずに歩き続けた。禿げかかった頭を拭き拭き団扇を使っていた親方の顔と、品川の料亭でまめまめしく働いていたころの奥さんの姿とが、交互にコウの頭の中に浮かんだ。――ついてけません、だとよ。親方の言葉が、胸に響いた。身体の中のどこか一部分が妙に熱くて、キュンキュン鳴っているような感じがした。

コウは急に立ち止まって、後ろを見た。白いスーツのヤクザ男と奥さんが、人影もまばらになった歩行者天国の商店街を歩いていくのが見えた。小柄な奥さんは、ぶらさがるようにして男と腕を組んでいる。痛々しいな。——コウは思わず目をそらしながら心の中で呟いた。

前に向き直ってまた歩きはじめながら、コウは鮎子の名を呼んだ。鮎子は不安げにコウを見あげた。身体の中に感じていた熱さが、やんわりと冷えはじめた。コウは引き寄せるように鮎子の肩をそっと抱き、何でもない、と囁《ささや》くように言った。

——あの男は、親方のいた組のヤツかも知れないな。

ふとそんなことを考えた。

「親方には言うなよ」

コウの言葉に、鮎子は無言で頷いた。コウと鮎子は、暮れなずむ町の中を足早に歩いていった。

その夜、「かもめ家」は久しぶりに賑わった。

柳と戸村が開店早々に連れ立ってやって来て、隅っこに陣どって大騒ぎしていた。もっとも、騒いでいるのはもっぱら柳の方だった。戸村が今まで地道にやってきた「下請け」の翻訳の仕事が報われて、今度、戸村自身の名前で本が出るのだ、という話はコウも聞いていた。その仕事の完成を祝っての飲み会だそうで、本人の戸村より柳の方が大はしゃぎなのである。

「修の本、買ってよコウちゃん、買いなさいよ」

柳はしつこいくらいにコウにそう言った。当の本人の戸村はと言えば、照れくさそうに笑いながら、小さな声でコウに告げる。

「小さい出版社だから。探さないと見つからない」

鮎子は、もうすっかり慣れた様子で厨房の中を動きまわっている。そんな鮎子を見ていると、鮎子が「かもめ家」に来てからまだひと月しか経っていない、などとはとても思えない。

コウは鮎子を眺めながら考えた。つい先日、籍だけでも入れておけ、と親方に言われた。しかしコウは、ひと月一緒に暮らしながら、鮎子のことをほとんどと言っていいほど知らないのである。ただふたりの間に、二十といくつかの日々があるだけなのだ。鮎子は自分のことをあまり多く語らないし、コウも無理してまで聞きたくはない。そんなふたりの関係に不安を感じている、というのではないけれど、コウは鮎子を包んでいる不思議な膜に、やはりこだわりを持っていた。

ラストの客が真夜中近くに退けた。鮎子はさすがに疲れた顔で、ぺたんと椅子に腰かけた。

「おつかれ」

コウが声をかけると鮎子は少し笑い、立ちあがって暖簾を外しに表へ出た。

暖簾を抱えて戻って来た鮎子を見て、コウはハッとした。紺地に白で「かもめや」と染め抜いてある暖簾を胸のところで支え、鮎子は後ろ手で厚ぼったいガラス戸を閉めようとしている。コウは何かとても大切なことを、思い出しかけていた。

「かもめ家」という屋号を誰が付けたのかコウは知らない。二年前の夏、親方に連れられてはじめてこの店を訪れたとき、この店にはすでに「かもめ家」という名があったのである。店の隅にホコリだらけでまるまっていた紺色の暖簾を指して、親方は言ったのだ。

――前はかもめ家っていってたらしいンだよなあ。

そうなのだ。以前の「かもめ家」の主人は、この暖簾と古い本棚を置き去りにして行ったのだった。コウはそっと厨房を出て、階段を上っていった。

どういう事情で彼は「かもめ家」を去ったのか――。そんなことを、コウは知る由もない。部屋にあがったコウは本棚の前に坐り、本棚に付いている抽出を開けた。インクの切れた万年筆、壊れた腕時計、そんなものに交じって、幾枚かの写真があった。コウはその中に、探していた一枚を見つけた。

写真の中の見慣れた路地は、「かもめ家」の前の通りである。古くさく厚ぼったいガラスの扉に「かもめや」と染め抜いた紺の暖簾。客は笑ったけれど、この不釣り合いな組みあわせは、奇妙にこの町に似合っているとコウは思ったのだった。

その暖簾をバックに、写真の中でひとりの少女が笑っていた。鮎子だった。何年くらい前の写真なのか、写真の中の鮎子はまだあどけない面影を残している。

以前の「かもめ家」の主人と鮎子が、どのような関係だったのか、それはコウには判らない。けれど、コウが来るずっと前の「かもめ家」に、きっと鮎子は何か大切な想い出を持っているのだろう。鮎子はそんな想い出を——あるいはこの男を、忘れることができなくて、この町に、この「かもめ家」に戻ってきたのだろうか。

——そうだったんだ。

コウは呟いた。忘れていた一行の歌詞を思い出した。鮎子をどこかで見たことがあると思ったのは、コウの錯覚なんかではなかったのだ。

「コウちゃん、どうしたの」

階段の下で鮎子の呼ぶ声が聞こえた。

コウは短い溜息をついて、もう一度その写真を見つめた。写真の中の鮎子は、いつかコウが見たのと同じ光るような笑顔だ。鮎子の視線のむこうに、おそらくはこの写真を撮ったのであろう「かもめ家」の以前の主人の姿を、コウは感じとった。

——そうだったんだ。

もう一度、今度は心の中で呟いた。そうして写真を指でピンとはじくと、抽出の中のもとの位置にしまった。こそばゆいような、おかしな哀しさが胸をついた。

コウは勢いよく階段を駆け降りた。下で鮎子がコウを待っていた。

「鮎子」

「ん?」

コウは下を向いて少し笑い、独り言のように呟いた。

「ま、いいか」

「なにが?」

「なんでもない」

駅前のアーケードの方から、シャッターの降りる音が聞こえてきた。

朽ちる町

長いこと地面の下を走っていた電車が、川の下を潜ったあとで地上に顔を出す。冷たい暗闇をつん裂いて車輛は叫び、火花を散らしながら駅から遠ざかっていった。まだまだ長い道のりを、あの電車は走らなければならない。

暗く長いプラットホームに降り立つと、真冬の夜の風が耳をもぎ取っていきそうに英明《ひであき》の横を吹きぬけた。トタン板に囲まれた細長いホームは終戦直後の姿を未だとどめているといった趣きで、地下鉄に乗り入れしている新しい車輛とはどこかちぐはぐな感がある。その古びた駅舎のむこうに、そこだけポッと薄明るい改札口がある。

改札口を抜けると英明は、夕方を過ぎても音の絶えないネジ工場といつも誰もいない交番とに挟まれた細い路地に入った。

路地の両脇にはひしめきあうように木造の小さな家々が並び、街灯もない幅狭な道の上に、ところどころ黄色い灯りを落としている。それらの家々には塀も門もない。路地に面して、いきなり戸口がついている。

庭のない家々の戸口の前には、発泡スチロールの箱に土をつめた植木鉢が並び、くたびれて肩を落とした草花が幅五メートルに満たない路地沿いに細く連なっている。英明がこの道を通うようになってから、半年が経とうとしている。

くねくねした路地を奥へたどり、急にあらわれる踏切を渡ると、「聖光園」が見えてくる。建物の中からの灯りに照らされて半円形に白くなったコンクリートの輪の中に、黄色いエプロンをつけた数人の女がプラスティックのほうきを手にして立っている。

英明はどことなくそそくさとした足どりになって、軽くお辞儀をしながら彼女たちの脇を通り過ぎようとするのだが、彼女たちの何人かは英明の姿を見つけると深々と頭を下げて言う。

「ご苦労さまです」

英明は仕方なく後ろを向いて、口の中でもごもごとそのことばに応えるのだ。彼女たちは皆、一様に痩《や》せていた。なんだか身体《からだ》の前面から肉をえぐり取ったような体つきをしていた。

「聖光園」はクリスチャンの女園長が経営している幼稚園なのだが、夕方からは二階の一室を使って小・中学生の塾を開いているのだ。英明は人に頼まれて、半年前からその塾の講師をしている。

　塾と言っても、いわゆる受験戦争のためにきびしく子どもたちに詰めこみをさせるようなところではない。半分は慈善事業のようなつもりで園長がやっているのだろうと、英明は思う。それは子どもたちが毎月持って来る月謝の、信じられないほどの安さを考えれば察しがつく。

　英明が二階にあがっていくと、教室の電灯はすでに点《つ》いていた。子どもたちのほとんどは時間どおりにはやって来ず、二十分、三十分の遅刻もそう珍しいことではないが、今日は誰かが英明よりも先に来ていたらしい。

　扉を開けると、石川兄弟の弟の方が、重ねて積みあげた机の上に坐って所在なげに脚を揺らしていた。

「ごめん、かなり待った？」

　そう呼びかけると石川マコトは急に笑顔になって振り向いた。

「コンバンワ、先生ッ」

「今日は兄ちゃんと一緒じゃないのか」

「ウン、兄ちゃん配達にまわってから来るって」

「そう」

兄の信一が小学校六年、弟のマコトが四年の石川兄弟の家は、たしか乾物屋だとか聞いた。信一の方は、ときどき店の手伝いに駆り出されるらしい。

「さて、じゃあ先にはじめてようか」

「うん」

マコトは素直に頷き、カバンの中から教材を取り出して机の上に広げた。それから十分もしないうちに、扉のむこうで騒がしく階段をのぼって来る足音がした。

小学生の男の子特有の甲高い声は、三年生の三人組だろう。

「コンチワア」

乱暴に扉を開けて、まず斉藤貢が入って来る。続いて山田健二のいがぐり頭と、矢沢弘の小さな体が見える。

この三人はいつも一緒に行動している。来るときも一緒なら帰るときも一緒だ。仲が良いように見えて実はしょっちゅういがみあいをしているのだが、それは比較的勉強の出来る山田健二をめぐって、他のふたりが「取りあい」をしているらしかった。

「ほら、もうマコトくんが勉強はじめてるんだから、静かにな」

注意すると三人とも、はアいと返事をしていっとき口をつぐむのだが、五分と経たぬうちにまたお喋《しゃべ》りをはじめるのはいつものことだ。

今日も机に教材を広げて一ページも進めないうちに、貢が健二の肩のあたりを小突いてふたりでクスクス笑いをはじめた。今日は弘が「仲間はずれ」にされているらしい。弘はふたりの様子を気にしているふうだが、表面上は黙々と教材に向かうポーズをとっている。

こういったあたりの子どもの人間関係というのはひどく残酷であり、また相当にねちねちしたものがある。それはほどほどの配慮というものがないだけ、大人よりも無慈悲である。観察していて面白いと思うこともあるが、たまに英明は子どもたちの言動にギョッとする。子どもの社会は大人が考えているほど素朴なものではない。

配達を済ませて石川信一がやって来るのは、おそらく八時近くになるだろう。中学生は男女ひとりずついるが、彼らは早く来て早く済ませて帰るか、来ないかのどちらかだ。この時間になったらまず来ないと見てよい。あとは小五の女の子がふたりいるが、この子たちも休みがちだ。来るときは知らぬうちにやって来て、そっと帰っていく。

信一の課題に目を通してやって、英明が帰れるのは十時近くになるだろう。そう思ったら、ふと帰りの電車のことが気になった。

東京の海沿いを走って一旦地下に潜り、都内の東端に来てからまた地上に出て来るあの線は、何と言ったらいいのか、ひどくエキセントリックである。いちど英明は、労務者風の男が仲間らしき数人の男に袋叩きに遭って顔を血まみれにしているのを、車内で見たことがある。それ以来、深夜の電車は少しだけ気が重い。

ガラガラと音がして扉が開いた。やって来たのは金原兄弟であった。金原兄弟はここのところずっと顔を見せていなかった。

「おお、久しぶりだね」

英明が声をかけると、弟の直行は少し照れたように顔を歪《ゆが》めてちょこんと頭を下げたが、兄の久行は無言でさっさと皆とは別の離れた机の前に坐った。直行も兄に従うようにその机についた。

久行が五年生、直行が四年生の年子のこの兄弟は、どちらも勉強はよく出来るが、ほとんど口を利かなかった。いつも無言で、必ず皆とは別の机でふたりだけで勉強している。

ここに通いはじめて間もないころ、英明はそのことを訝《いぶか》しく思って皆と同じ机につくように言ってみた。すると兄の久行がはじかれたように驚いた顔で英明を見あげ、次の瞬間、異様にきびしい表情で首を振った。

その頑《かたく》ななまでに強い意志を持った眼は何かに似ていると、そのとき英明は思った。

ここに来ている子どもたちのうち小学生は皆、「サンテラ」と呼ばれる第三寺島小学校に通っているのだが、金原兄弟だけは「聖光園」よりもう少し奥に入ったところにある朝鮮初級学校に通っているのだということを英明が知ったのは、だいぶあとになってからのことである。

久行と直行が別の机で静かに教材に向かっているのを見て、英明はなんとなく安堵した。殊に中学生の宮下昇が来ているとき、この金原兄弟がやって来ると、ちょっとした騒ぎになることがあるのだ。それは昇が、久行と直行に向かって「チューゴクジンが来た」と言ってはやしたてるからなのである。

宮下昇は中学一年だが、身体も小さく、することなすことまだどことなく幼稚なところがある。第一金原兄弟を「中国人」だと考えているらしいところからして、いろいろなことを理解していないのであろうが、もっと理解していない三年生の三人組も、わけも判らずただ尻馬に乗って騒ぎだすのだから始末に負えない。実際、その騒ぎに怒った久行が直行の手を引っ張るようにして、何もせずにそのまま帰ってしまったこともある。

そのことについて英明は昇を残し、直《じか》に注意したこともあるのだが、昇はその場では神妙に頷いていても実際には一向に態度を改めない。大体からして根深い悪意があるわけではなく、ただ昇の子どもっぽさの抜けぬ性格のせいであるのだが、久行と直行にとってはこれほど不快な思いもなかろう。

七時半を少しまわったころ、石川信一が「先生コンバンワア」と言いながら教室に入って来た。五年生の女の子ふたりと中学生はやはり来ないようだった。

九時ころ、黄色いエプロンをして表の道を掃除していた保母のひとりが、二階にあがって来て鍵を置いていった。全員の課題に目を通し採点を終えたのは、予想どおり十時近くになった。最後に課題を終えた信一と、それをずっと待っていたマコトを送り出したあと、英明は机と椅子を片付けて教室の電灯を消し、鍵を持って階段を降りた。

――今晩はあれがしないといい。

英明はそう考えながら「聖光園」の扉に手をかけた。

玄関に鍵をかけてポケットに手を突っこみ、英明は駅に向かって歩き出した。十時を過ぎた町はひっそりと静まりかえって、とぎれとぎれに聞こえて来る踏切の警報とかすかな家内工場の機械音、それに英明の足音だけが冷たい空気の中を響きわたった。

踏切を通り越して幅の狭い横町と横町の角まで来たとき、ふッと冷気が動いて風の流れが変わった。英明はほとんど反射的に、掌で口もとを押さえていた。

――あれだ。

冬の風が英明の鼻腔を襲った。英明はうん、と声を洩《も》らし、一層強く掌を鼻先に押しつけた。それでもその匂いは英明の鼻の奥深くまで侵入してきた。

夏のあいだは冷房のない部屋を閉めきっているわけにもいかないので、英明も仕方なく教室の窓を開けていたが、秋口からは子どもたちがよほど暑いとでも言い出さない限り、まず窓を開け放つことはなかった。それは英明が、時折この町を漂うこの匂いに嫌悪を抱いていたから、と言うより、ほとんど辟易《へきえき》していたからと言っていい。

その匂いが何処から運ばれて来るどういうものなのか、英明は知らない。それはこの町全体を覆うように、駅の周辺から「聖光園」の近くまでも感じられる日もあり、またまったく感じられない日もあった。英明は週のうち三日、この町に通って来るだけだから、他の日のことは判らないが、匂いがするのは毎週この日、と決まっているわけではなさそうだった。

それはひどく嫌な匂いだった。どう形容していいのか判らないが、何かが腐るときの匂いに似ていた。それも魚とか肉とかが腐るときのような猥雑な匂いではなくて、もっと重量感のある、譬《たと》えて言うなら温度の高い匂いであった。腐る金属があるのかどうか知らないが、もし金属が腐敗したらこんな匂いがするのではないかと英明は思った。

まだ九月に入って間もないある日、あんまり蒸し暑いので教室の窓を開けたら、この匂いが教室内に充満したことがあった。英明は小さく舌打ちし、なるべく鼻で息をしないようにしてようやっとそれに堪えていたのだが、そのとき部屋の中にいた子どもたちは誰ひとり変わった様子を見せず、皆平然とした顔で机に向かっていたのだった。

英明は我慢することができず、ひとりの子に訊いた。

——何か変な匂いがしないか。

ところがその子は、キョトンとした顔になって首を振った。少なくとも彼らには、この匂いは感じられないらしかった。

英明は掌で鼻と口を押さえつけたまま、急ぎ足で駅に向かった。青くすら見える星がさえざえと光る冬の夜空の下を、どこかの工場からのガーン、ガーン、という音が、低く鈍く響いていた。


英明が今住んでいるのは、川崎市北部の新興住宅街である。そこには半年ほど落ち着いている。長い方だ。そろそろまた、英明は移転の準備に取りかかるだろう。

中学を卒業してからは引っ越しばかりしていた。父の経営していた会社の不振とそれに伴う両親の離婚。——それ自体はもう、殊更に辛い思い出というほどのものではなくなったけれど、英明には忘れられない記憶がある。

父の会社が二度目の不渡りを出したあと、父は家族にも行方を告げずにどこかへ姿をくらましてしまい、残された家族は散り散りに居を移した。成人してすでに勤めていた兄と姉は、それぞれ独立してやがて結婚した。が、まだ高校に入学したばかりだった英明は母と一緒に小さなアパートを借りることになった。

ふたりきりの住まいには充分な部屋ではあったが、どうにも処置に困ったのは以前の大きな家にあったもろもろの家財道具だった。

父の会社もいっときは勢いの良かったころがあったから、大きなベッドや大量の衣類、さまざまな調度品、母の趣味で蒐《あつ》めていた高価な絵、あらかたは処分したつもりだったのに、まだまだたくさんの物が英明たちの手もとに残されていた。けれど住まいが狭くなると、家具類はおろかレコードや本の類までもが、邪魔で厄介なものに感じられるのだった。英明ははじめて、家という「いれもの」がなければいくら高価な物でも何の役にも立たないということを知った。

幸い知人の厚意を享《う》けることができて、母は空き倉庫を安く借りてきた。英明と母はその倉庫のそばのアパートを借り、もろもろの物を倉庫に収めさせてもらった。そうしておいてもどうなるものでもないが、母にしてみればいつかまた役立つときが来るかも知れないという、儚《はかな》い願いのような気持ちがあったから、残った家財道具を始末せずに保存しておく気になったのだろう。

その倉庫から火が出たのは、英明が高校一年の年の冬だった。

火事の原因は、近所の子どもたちが割れた窓から倉庫にしのびこみ、中で火遊びをしたことらしかった。火はもの凄い勢いで燃えさかり、倉庫は全焼した。

未だに英明はその晩のことを思い出すと、頬を焦がす火の熱気をそのままに感じるような気がする。消防車のサイレンに気付いて何気なく表を見たとき、頭の中は驚きのあまり真っ白になって、英明は一瞬考える能力を失った。

母とふたりですぐに駆けつけたが、すでにもうなす術《すべ》はなかった。英明と母はだらりと顎《あご》を下げて、かつて自分たちの身近にあったさまざまのものを火が焼き尽くすのを見ていた。

——あらあ……。

そのとき、隣りに立っていた母はぼんやりと呟《つぶや》いた。まるで他人《ひと》ごとのような口ぶりだった。

振り返った英明が見た母の横顔は炎に照らされてオレンジ色に染まり、見開いた瞳にもやはりオレンジ色の炎しか映っていなかった。たぶん母は、そのとき何も考えていなかったろうと英明は思う。

そのときの母子《おやこ》は、泣き叫んで喚《わめ》き散らしてもいい立場だった。しかし英明も母も、魂を抜かれたように呆然と突っ立ったまま、何もせず何も言わずただただ燃える火を見ていた。

あのときほど母が自分に近いところにいたことは、後にも先にもなかった。母も英明も、その一年足らずのあいだにとても安らかとはいえぬ時間を過ごして来ていて、そうしてひどく疲れていた。自分たちには手の負えない勢いで燃えさかる炎に対して、怒ったり悲しんだりする気力さえなかったのかも知れない。

それでも英明は、激しい炎に冒《おか》されたようにぼうッとした意識の中で、兄が苦心して全部揃えたビートルズのレコードや、兄弟三人にわたって読みついだせいでボロボロにページのすり切れた世界童話全集のことなどを考えていた。

火は全てを燃やし尽くしてようやくおさまったが、そのときから英明が抱いた「物」に対する不信感は今でも消えることがない。

英明はひとりで暮らすようになった今でも、極力自分のまわりに物を置かないようにしている。最小限必要な衣類と家具、それで生活に不便はない。

その年から英明は、母の都合でさまざまな土地に移転した。度重なる移転に慣れた身体《からだ》は、家の中に物が増えることを拒絶した。いつでも、どこへでも、身のまわりのわずかな荷物をまとめるだけで行けるように。

母がどのようにして費用を捻出したのか今もって英明には判らないが、英明は母のおかげでどうにか大学を卒業することができた。その後教育関係の出版社に勤めはじめ、やがて母が死んで、英明はひとりになった。

どうにか暮らしていってはいるが、身に沁みこんだ移動の性癖から英明はなかなか解放されない。それどころかひとりになってますます、英明は一年とひとつところに腰を落ち着けることなく、いろいろな土地に移り住んだ。

今のところの前は町田市のはずれ、その前は松陰神社の近く、洗足池のそば、泉岳寺、雑司ヶ谷、代田橋、阿佐ヶ谷——。時を重ねるうちに物が増え、増えた物を見てはそれにおびえ、それらを置き去りにしてまた別の土地に移る。そんなことをずっと繰り返して来た。

かつては十五年もひとつの家に住んでいたことが、今の英明には嘘のように思える。あれは幻影だったのではないだろうか。形のあるものはすべて、英明にとっては幻に等しい。

それでもふと、現在の暮らしの方が幻なのではないかと思えるときもある。いつかは英明も結婚して家庭を持つことがあるのだろうし、そうなったらこんな移転を続けていくわけにはいかない。「生活」には根がなくてはならないのだ。そうして世間の人間の多くは、そういった根を持った生活こそがまっとうなものなのだと言う。

けれど彼らは知っているのだろうか。彼らが根をはり密着して、信頼して積みあげていく「生活」というものが、一瞬にして消え去ってしまうことがあるということを。

英明の移住癖は、ある人からは生活からの逃避だと呼ばれるものかも知れない。英明はそれを否定できない。しかし父と母が積みあげた生活が、脆《もろ》くも一瞬にして灰になったのを見てしまった英明には、何がいちばん信頼できるものなのか判らない。

ビートルズのレコードが、世界童話全集が、ベッドが、アルバムが燃えてしまった日から、英明の暮らしはしっかりした軸を持たず、時間の波に押し流され揺れ動くがごとく、ゆらりゆらりとさまざまな町を漂流している。

燃えて失くなったのは物だけではなく、以前の人生そのものなのかも知れない。だから英明には出生も生い立ちもない。ただあるのは、確かに脈打っている自身の肉体だけなのである。

「先生、あのう……」

いちばん若い保母が二階にあがって来て、戸口のところからおずおずと英明に声をかけた。

子どもたちに呼ばれるのはともかく、自分とそう年齢《とし》の変わらぬ保母に「先生」と呼ばれるのはやはり少し抵抗があって、英明は鼻の下を指でこすりながら「はあ」と振り向いた。

保母は手にした鍵を持て余しているようにこちらに示し、戸口のところに立ったままで英明を見た。

「ああ、どうもすいません」

英明が立ちあがって鍵を受け取ると、保母は重ねて言った。

「あの、それから園長先生が、帰りに寄って下さいとのことなんですけど……」

「あ、そうですか。判りました」

若い保母は丁寧に頭を下げて階下へ降りていった。肩のあたりに、まだ稚《おさな》い硬さが残っている。二十歳かそれくらいだろう。それにしてもここの保母たちはなぜ皆、影のない、か細く薄べったい印象なのだろうか。

部屋の中では、石油ストーブの熱で顔を火照らせた山田健二と斉藤貢が、熱中して机に向かっている。その隣りに坐った矢沢弘が、浮かない顔つきで口唇をとがらせ英明を呼んだ。

「せんせえ、ここワカンナイ」

「どこ?」

弘が指さしたのは、簡単な掛け算の練習問題だった。弘だけではないが、ここに通って来ている子どもたちは、数人の例外を除けば皆、甚だ成績が良くなかった。小学校の高学年になっても、ふたケタの掛け算にとまどう子が何人かいる。英明もはじめのうちは少なからず驚いたものである。

これは大変だと思い、何度か徹底的に九九からやり直させようとしたが、どうやっても出来るようにならない子が多かった。しかし英明も、家業のために自転車で配達にまわる石川信一や、父親の機械部品工場の土間にしゃがんで洗油のバケツに手を突っこんでいる宮下昇の姿を見慣れるにつれ、別に勉強なんて特別出来なくてもいいのかも知れない、と思うようになった。

「まず一の位同士を掛けるだろ。二三が？」

「六」

「そう。そしたら今度はナナメに掛けあわせるンだろ」

ほんとうに理解しているのかどうかは判らないが、弘は素直に英明の言うとおりにやった。

十歳にも満たないまだまだ澄んだ弘の瞳は、食い入るように机の上の数字の羅列を見つめていて真剣そのものである。半年間見ていても能力の向上は余り認められない弘だが、英明はそんな真剣な表情のためだけでも、弘がここに通って来ている意味はあると思った。

授業を終えてから園長の自宅に寄った。園長の家は「聖光園」に隣接した集合住宅の一室である。コンクリートの階段をのぼって鉄扉の横のブザーを押すと、「はいはい」とすぐに声が返ってやんわりと肥った女園長が顔を出した。

木彫りの熊が置かれた園長の部屋に入ると、暖房の効きすぎか、むんとした空気が押し寄せた。

「ちょっと暑いですかしら」

「いえ、大丈夫です」

園長はまるい腰のあたりを手でさすりながら、目尻にしわをためて笑った。

「歳ですね、冷えるとてきめんに痛みが来まして……」

英明もつられたように少し笑い、すすめられるままに園長と対座した。

「遠くて大変でしょう。折原さんに紹介していただいたときは、遠すぎるから悪いんじゃないかしらと思ったんですが」

「そうですね、まあ時間はかかりますけど乗り換えは一回ですから」

折原というのは英明の会社の上司で、この園長とは遠戚にあたるらしい。どうにも人が見つからず困っていると言って、この塾の講師の話を英明に持ちかけたのが折原だった。

英明もはじめは、家からも会社からも少し遠すぎると思って断わったが、まわり中の人に話を持ちかけてその悉《ことごと》くに断わられ、また英明のところに戻って来た折原が少し気の毒になって引き受けたのだった。遠いと言っても週に三度だし、週に三度くらい東京の地下を縦断してみるのもいいではないか、という気持ちだった。

会社は恵比寿の近くにあるので退社後「聖光園」に来るのは小一時間かかり、「聖光園」から英明の家に帰るのはゆうに一時間を超える。この町は東京の東部にあり、英明の住んでいるところは多摩川を渡った先だから、文字どおり英明は東京を縦に突っ切って家に帰っていることになる。

「あら、飲みものもお出ししませんで……」

園長が腰を浮かせて言った。

「牛乳とお茶とどっちがよろしいですか」

「あ、じゃあお茶を……」

園長は一旦台所に入ってからすぐに戻り、英明の前に日本茶の茶碗を置いた。そうして自分では牛乳瓶のふたを抜いて、瓶ごと口をつけた。

園長は四十代の後半くらいだろうか。ことば遣いは英明に対してもひどく丁寧だが、牛乳を瓶から直《じか》に飲んでしまうような、どこかはすっぱなものをときどき感じさせる。が、彼女のそういうところは不思議と嫌な感じを与えない。

「お話っていうのはですね……」

牛乳を三分の一ほど飲み終えたところで園長は口を開いた。

「金原さんのご兄弟なんですけど」

「はあ」

「辞めるって言うんですよ」

英明は首を傾げて園長の顔をうかがった。

「わたしも止めてるんですけれど、いちどあなたの方からも子どもに話してみて下さいませんか」

「はあ、僕がですか……」

言いながら英明は、確かにあの教室は久行と直行にとっては余りいい環境とは言えないだろうと考えていた。

「まあ、金原さんはいろいろ問題もあるでしょうけど、先任の先生のときからせっかくずっと続けてらしたんですしねえ」

「はあ」

答えてから思い出した。いつか久行と直行に、皆と同じ机につくように言ったことがあった。あのときの久行の眼はひどく印象的であった。あれは人間の眼というよりも、動物の眼に近かった。何かに似ていると思ったのは、まわり中を敵にして生きるサバンナのコヨーテではなかったか。

「お願いします」

園長の声で英明は顔をあげた。

「ええ、まあ、話してはみますが……」

曖昧《あいまい》に答えはしたものの、久行も直行もおそらく英明の言うことなどに耳を貸さないだろう。彼らはまるで、自分たちのまわりに裸の電線でも張りめぐらされているかのように、他人の小さな動きにもひどく神経質だ。そうしてそれ以上に、誰かが自分たちに近づいて来るのを許さない。

英明はふッと息を吐いて曇った窓ガラスに視線を移した。カーテンのない窓は、冷気と暖気の間《はざま》でひくひくと縮こまっているように見えた。ガラスを白く濁らせている曇りは、やがて自らの重みに耐えかねて、水の滴となって窓を伝っている。

「やっぱりちょっと暑すぎますわね」

園長がそう言いながら立ちあがった。平気です、と英明が言う前に園長は窓を開け放った。

冷たい風が吹きこんできて、暖かさにかすんでいた頭と熱を持った皮膚とを冷やした。冷たさを心地良いと感じると同時に、やはり思っていたことは起こった。

「ん……」

英明は園長には聞こえないほどの呻《うめ》きを洩らし、鼻のあたりを掌で覆うようにした。風と一緒に、あの匂いも部屋の中に侵入してきたのだった。

「あ、園長先生」

窓際に立った園長は、英明の呼びかけに後《うしろ》を振り向いた。

「窓を、閉めて下さい」

「あら、寒いですか。そうですね、今年の寒さは格別ですもの。年内にも雪が降るかも知れませんね」

園長は窓際に立ったままそう言い、首だけ外に出して夜空を見あげるようにしてから窓を閉めた。

――そうじゃなくて……。

言いかけて止《や》めた。園長も子どもたちと同様、あの匂いを感じていない。ましてこの町に住んでいる人に異臭がするのだと告げるのは、やはり英明にもためらわれた。

園長の部屋を辞して外へ出ても、まだその匂いは町じゅうに漂っていた。暖房の効きすぎた部屋で過ごして熱っぽくなった身体を冷えた外気にさらしたせいか、頭の芯の方でジーンという音が鳴り、足もとがふらついた。嫌な匂いは、その原因が判らぬために一層、英明を苛々《いらいら》させた。

英明は異臭から逃れるかのように、脇目もふらず道を急いだ。相変わらず頭の底からジーンという音が聞こえた。

あれ、と思ったのは耳を刺す音を立てる踏切を通り過ぎた随分あとだった。町角に見憶えがなかった。

駅から「聖光園」までは、ひとつきりの道すじしか英明は知らない。それ以外の道を通ったことはなかった。どこをどう曲がり間違えたのだろうか。一心に歩いていたせいで、そこまで自分がどうやって道をたどってきたのかも判然としなかった。

慌ててあと戻りしようと後ろ向きになって足を止めた。方向としては合っているように思った。このまま感覚に従っていけば、駅につながる大通りに出られるような気がした。

嫌な匂いがまた鼻をついた。英明は足を速めた。

くねくねした路地をしばらく進むと、やがて工場の機械音に混じってクラクションのかすかな音が聞こえてきた。もうすぐだ、と思って狭い道の角を曲がると、いきなり明るい光が目に飛びこんできた。もうそこが大通りで、道のむこう側に大きなガソリンスタンドが見えた。

このあたりの裏道は曲がりくねっている上に何本もの同じような路地と複雑に交差して、ひどくややこしい。まるで迷路だ。

大通りに出ると、嫌な匂いは少しばかり遠のいたような気がした。英明は通りに沿って歩きはじめたが、この方向で合っているのかどうかは不安だった。

少し離れたところに大きな交差点が見えた。取りあえずはそこまで行ってみることにして、英明は歩き続けた。まわりにあるのは見たことのない風景ばかりで、英明は半年この町に通っていながら、自分がいささかの土地勘も持ちあわせていないことを知った。英明がこの町について知っているのは、あの匂いだけなのだった。

目の前の信号の下に、地名を知らせる標識が見えた。

「ひきふねがわどおり……」

英明は不思議な響きをもつその名を、口の中で呟いてみた。舟を曳《ひ》く川という意味だろうか。この町の東の側には荒川が、西の側には隅田川があって、つまりこの町はふたつの大きな川に挟まれているわけだが、舟を曳くような川はこのあたりには見られない。

交差点まで歩いてみると、英明はやっと見覚えのある雑貨屋を見つけた。駅はもうすぐそこだ。

英明は駅へと向かう途中でふと後《うしろ》を振り向いた。舟を曳く川と名付けられた通りには絶え間なく車が走り、幾筋ものライトの残影が暗くなった町に浮かんでは消えた。

……細々とした土手に沿って、何十人もの人夫が頑丈な縄を肩に背負って歩いている。土手と殆ど高さの変わらぬところに、もうゆらゆらと動く黒い水面があって、細長く華奢《きゃしゃ》な木舟が水の上を滑るように進む。ささやかな賑わいのある舟と違って、川の側道の土手を進む人夫たちは無言である。

舟の重さのせいだろうか。人夫の幾人かは痛々しいほどに歯を喰いしばり、顔を歪め、肩にくいこむ縄を引いては、しっかりと一歩一歩足を進める。筋ばった脚には汗の玉が吹き出し、浮きあがった青黒い血管はまるで怒っているように膨《ふく》れている。

殆ど流れのない、淀んだ溜まり水のような川は、その黒い水面にまわりのさまざまな風景を映し出している。水に映った町は、舟の動きとともに頼りなげにゆらりゆらりと揺れる。舟に乗った男たちは遊女たちの廓《くるわ》へ訪ねていくのだ。

どこかから唄声が聞こえてくるのは、遊女のうたう声だろうか。か細い声は楽しげでも悲しげでもない。透きとおった高い唄声は、ただ一様に静かで、どんな感情も含んでいない。

その唄声は遊女たちの生き方を示しているようでもあった。彼女たちはきっと快楽も哀愁も感じることなく、ただ淡々としめやかに時間の流れに逆らうことのない日々を過ごしているのだろう。

廓は川をのぼった先にあるが、人夫たちの道のりはまだまだ果てなく思えるほどに遠い。重い舟を彼らは、疲れることに慣れた表情でゆっくりと曳いてゆく。

遊女のうたう声が止《や》んだ。その昔、誰かと恋におちた遊女が廓を抜け出し逃げようとして捕えられると、何十日も陽のあたらぬ地下牢にとじこめられたのだという。唄をうたっていた遊女も、そんな思いのたけを唄にこめていたのかも知れない。……


「そうですねえ、ちょうどこの道の上らしいですよ、川が流れてたのは」

通り沿いにある喫茶店の主人が言った。

「流れてたっても、あたしが生まれたころはもう川なんてなかったですけどね。遊廓はまあ、戦後までありましたけど」

会社は暮れの休みに入ったが、「聖光園」の塾の方は月末まで授業があった。余裕を持って家を出たら早く着きすぎてしまい、喫茶店などなかなか見あたらないこのあたりにやっと見つけた一軒の店で、英明は時間を潰《つぶ》しているのだった。

「曳舟川」という名の由来を英明に教えてくれたのは、折原だった。

現在の文京区本郷、今は東大のある丘のふもとに、江戸時代からずっと続いていた遊廓があった。それが明治に入って帝大ができると、学生の町にそんないかがわしい廓があるのは良くないということで、遊女たちは追放をうけるはめになった。その追い出された遊女たちが、隅田川を越えて次に棲みついたのがこのあたりの町である。

それで明治以後、隅田川のこちら側のこの辺には遊女の町が点在することになった。このあたりにあった――そうして今では消えて失くなってしまった――遊廓は、そのはじまりのところからいわくつきの歴史を背負っていたのである。

その遊女の町に通う客を、昔は川に浮かべた舟を曳いて運んだのだという。

今では車の往来も激しい通りを眺めながら、ふとその話を思い出した英明が何気なく店の主人に話しかけると、見た目よりは話し好きらしいその男は何やかやと知っていることを話してくれた。

「法律ができてからは、もうぜーんぶ潰れちまいましたけどね。戦後は特飲街って言って、玉の井の方なんかいっときはすごい景気でしてね。でもあれですね、昔の方が――何て言うのか、あわれがありましたよね」

「あわれ？」

「ええ、ええ。あたしも小っちゃかったから、ハッキリ覚えてるわけじゃないんですけどね。戦争の始まる前に、いちどあすこを通ったことがあるんですよ。親戚があン中に住んでたかなんかで、親父に手を引かれましてね、当時の目抜き通りですよね。子ども連れてそんなとこ通る親父も親父ですけど……」

主人は小さく笑いながら続けた。

「お兄さん寄ってらっしゃい、遊んでらっしゃいって、それはもうほんとうに真っ白い顔した、きれいな女の子がね、通りの横にずらっと並んでさ。子ども心にも、まア何て夢みたいなとこだと思ったの憶えてますよ」

「へえ……」

「そこいくと今はダメだよねえ。みいんなアッケラカーンとしてゲラゲラ笑っちゃってさ。そそらないいもんねえ」

最後のことばに含みをこめて、主人はまた大きな口を開けて笑った。英明も仕方なくちょっと笑顔をつくった。店には他に客もなく、暇を持て余しているらしい主人はカウンターの前に腰をおろして、短くなった煙草をどこに捨てようかと目で探している。余った時間はなかなか減っていかなかった。

　ふと、あの匂いのことをこの主人に訊いてみようかと英明は思った。いつも突然やって来るあの匂いは、今日もこの店に入るまでは感じられなかったけれど、店を出たときにはまた排気ガスの臭気に混じってこの町の上空を漂っているかも知れない。

「このあたりは……」

　思いきって口に出した。流し台の上から灰皿を取りあげるために中腰になった主人は、その姿勢のまま英明の方を振り返った。

「このあたりは、工場が多いんですね」

　いきなり変な匂いがしますね、とはさすがに言えず、英明は取りあえずそう切り出してみた。灰皿を取りあげて煙草をもみ消した主人は、またもとのように腰かけながら答えた。

「そうねえ、みんな小っちゃな工場ばっかですけど」

「大きいのは――ないんですか」

　土間先でボルトだの小さな部品だの作っているような工場から、あんな異臭を含んだ排気が出るはずはないと英明は思った。

　主人は英明の問いに怪訝《けげん》そうな顔をして、首を傾げて考える様子を見せた。

「どうかねえ……。東墨田にはでっかいのもあるけどね。――何か探してるンですか」

「いえ、そういうわけじゃないんですけど……。何ていうか、あの、たまに何か鉄の焦げるような匂いがすることがあるもんで……」

嫌な顔をされるだろうと思った。自分の住んでいるところにおかしな匂いがすると言われれば、誰でもいい気はしないだろう。

けれど主人は気にも留めないふうで、ごく簡単に言ってのけた。

「ああ、めっきでしょ」

鍍金《メッキ》ということばが、どこか知らない国のことばのように響いた。

「え?」

「鍍金の工場がたくさんあるからねえ、それでじゃないですか。あたしらはもう、鼻が馴《な》れてバカになっちゃってるから判ンないですけどね」

あっけないほど明快な答えだった。

「はあ……、そうですか、鍍金の匂いですか、あれは……」

答えて英明は外を見た。

前の通りを大きなトラックが走り過ぎて、店の中まで震動が伝わった。並べられたコップがカチ、カチと音を立てて揺れると、主人はそれに気付いて、お、というように顔をあげ、それから扉のむこうに目をやって舌を鳴らした。

英明は震動が止んでから立ちあがった。


学校が冬休みに入ってからは、子どもたちのやって来る時間も以前よりは早くなった。英明は早目に「聖光園」に着き、いつものように二階へあがった。

冬の日没は早い。六時を過ぎればほとんど暗闇のようになる。電灯を点けてストーブに火を入れると、あとはもうすることもなくて英明は誰もいない部屋の中で腕組みをして坐った。

頭の中で、さっきの喫茶店の主人との話を反芻《はんすう》していた。

遠ざけられた遊女たちの町は、今はほんとうに姿を消した。きれいな女が脇に並び、賑やかに客を引いていた目抜き通りも、今では曲線の多いタイル張りの建てものだけが、その形骸をとどめている。そうしてその上に漂っているのは鍍金工場の匂いだ。

ガラリと音がして英明の思いは中断された。はっとして振り向くと、戸口の前に金原兄弟が立っていた。

「こんにちは」

立ちあがって英明が声をかけると、久行も直行もちょこりと頭を下げた。

すぐに机の前に坐って教材を広げるふたりの前に立って、英明はできるだけ柔らかに話しかけた。

「辞めちゃうんだって?」

直行の方が、何とも答えず黙々と鉛筆を動かしている久行をちらりと見てから、遠慮がちに頷いた。

「せっかくずっと続けて来たんだし。辞めないでほしいけど……」

直行は困った顔になって、もういちど兄の方をうかがった。久行が何の反応もないのを見て直行は英明の顔を見あげ、そうしてからうつむいてしまった。

「みんながいろいろ言うからか? そんなの全然気にすることないぜ」

久行は依然として黙ったまま鉛筆を動かし続け、直行はどうしようもなくうつむき、自分のセーターのすそをいじくりはじめた。

英明はなんだか、自分が直行を苛《いじ》めているような気になってきた。これだけ言えば、園長に頼まれたことを果たしたことになっただろう。自分が前に立っていると、直行はいつまでもセーターをいじくっていることになりかねない。

もうひと言だけ言っておしまいにしようと、英明が口を開きかけたとき、まるでそれを制すかのように久行が突然顔をあげた。

「違う」

英明はどきりとして思わず久行の顔を見つめた。久行はそんな英明の視線を正面から受けとめ、強く見返した。久行の眼はいつかと同じ色をしていた。

「みんなが俺たちのこと馬鹿にするのはちっとも関係ない。そんなの最初から問題にしてない」

「……じゃあ、どうして」

英明は久行のことばに気圧《けお》されながらも、やっと問い返した。

久行は鉛筆をカタンと机の上に転がして、ぷいと横を向いた。直行がそんな兄の様子を心配そうにうかがうと、久行は投げ捨てるような調子で答えた。

「母ちゃんが辞めてくれって頼んだ」

「え？」

「俺ン家《ち》は金持ちじゃないから」

言い返すことばがなかった。英明はぼんやりとその場に立ちつくした。

久行はまたすぐに鉛筆を取りあげて、机の上にかぶさるようにして勉強をはじめた。直行も兄にならうように、少しホッとした表情で鉛筆を取った。

この塾の月謝などはほんのわずかな金額である。しかし英明は、それさえも払えないという金原家の状態よりはむしろ、「そんなの最初から問題にしてない」と言い切った久行の強さに衝撃を受けていた。

まだ小学生の久行が、皆にからかわれることを気にせずにいられるはずはなかった。それでも久行は英明という大人に対して、自分の傷口を見せることを拒否した。久行のそんな頑なさは、英明には潔くさえ感じられた。

ふと、久行が喋るのをあれほどはっきりと聞いたのは、今日がはじめてだったということに気付いた。久行は、そうして直行も、これまでのたった十年余りの人生のあいだに、どれだけのことを経験してきたのだろうかと思った。

英明ももう何を言う気にもなれず、黙って彼らの傍に坐った。ふたりの動かす鉛筆のカリカリという音をしばらく聞いていると、信一がやって来て扉を開けると同時に「先生コンバンワア」といつもの威勢のいい声を出した。

今日はその元気の良さに救われる思いがして、英明も笑って「ああ、今晩は」と答えた。

「マコトは一緒じゃないんだね」

「あいつバカだから風邪ひいた」

信一はそう答えて、久行と直行の隣りに腰をおろした。英明は、信一のそういう屈託のなさが好きである。

結局その日は、そのあと誰も来ず、先に今日の課題を終えた久行と直行が帰ると、英明は信一とふたりきりになった。

あまり勉強は出来ない信一に、あれこれと教えながら課題をやり終えると、信一は英明が教室を片付けるのを手伝ってくれた。

「今日はあンまし来なかったね」

「そうだね、どうしてだろうな。年末だから忙しいのかな」

ここに通って来ている子どもは家業を手伝っている子が多く、親も塾よりはそちらを優先させる。

「ウン、ウチのお母ちゃんも、忙しいときに熱出してエっつって、マコトにゲキ入れてた」

英明は思わず笑って訊いた。

「何だ、そのゲキ入れるってのは」

「学校で流行ってンだ、イカって怒鳴ること」

信一も嬉しそうにニコニコ笑い、得意げに説明した。

信一と一緒に外に出ると、十二月の夜は舗装道も電柱も凍っているかのようだった。途中まで信一と連れ立って歩き、「じゃあ、サヨナラ先生」と信一がペコリと頭を下げた角で、英明は思いついて信一を呼び止めた。信一の曲がった道の奥に商店街の灯りがポツリポツリとともっていて、手前の方に八百屋が見えた。

英明は商店街の入口のところまで信一を送り、八百屋の前で立ち止まって笊《ざる》盛りの蜜柑を買った。

「マコトにお見舞い」

そう言って、紙袋に入れてもらった蜜柑を信一に渡してやると、信一はアリガトウゴザイマスを何回か繰り返してから紙袋を受け取った。

信一が歩き出すのを見送ってから英明は道を逆戻りし、もとの角に戻って駅へ向かった。下手に知らない道を行こうとすると、この前のときのように迷いかねない。

暗く狭い道をひとりで歩いていると、今日のことが頭を巡《めぐ》った。押し黙った英明のむこうで、煤《すす》けたような赤い色をした電車がプアッと鳴いた。

改札口を抜けて細長いホームへの数段の階段をのぼると、英明はふッと後《うしろ》を向いた。高みから望む冬枯れの町はいつもと何の変わりのあるはずもなかったが、一瞬閉ざした瞼《まぶた》の裏には、ゆるい流れの川の上を曳かれてゆく小さな木舟の姿が映った。そうしてその風景には、寄ってらっしゃい遊んでらっしゃいと華やかに澄んだ声をあげる、白い顔をした艶やかな女たちの影が二重になっては沈んでいった。

　荷物をまとめて箱に詰める作業の途中で、これで最後にしようと思うことがないわけではない。しかし、身のまわりに物が増えていくことに対する強迫に近い観念は、英明を虜《とりこ》にして容易には放してくれない。

　部屋の中にあるのはごくわずかの書籍類と衣類、それに必要最小限の食器類くらいのものである。どこに住んでいたときでも英明のまわりにあったのはこれくらいのものだったが、暮らしていく上で不便を感じたことはない。

　中学生のころまで英明が住んでいた大きな家で、英明に与えられた部屋の中は実に大量の物であふれ返っていたものだが、あんなにたくさん、いったい何を持っていたのだろうかと今更ながら不思議に思う。

　帰宅した英明は、殺風景な部屋の中にひとり坐って、これまで移り住んできたさまざまな町のことを考えた。

　長くても一年というのでは近所付きあいのしようもないが、それでも英明は、それぞれの町を通い、ひとり分のささやかな食卓のために買いものをし、洗濯ものを干しながら外の景色を眺めたりもしたのである。ところが、英明の中でそういったさまざまの町は何の色も形も持っていなかった。移り住んだ幾つかの町々は、英明に印象というものを与えていない。

どの町にも浸《ひた》ることなく、根をはった「生活」を拒否して、跳び石をはね移るように転々としてきた英明のような人間には、町はそのほんとうの色を見せてくれないものなのかも知れない。

英明は立ちあがって窓辺に近づいた。窓を開けると、住宅街のまばらな灯りが空気の冷たいせいでひどくさえざえと光っているのが見えた。まだ緑の多いこのあたりは、夜は木々に覆われた山が真っ黒に見える。はるかむこうにある山の稜線が、地と空との境目をかすかに区切っている。

見あげると冬の夜空である。この同じ空の下にあの町がある。サッシの上に置いた指先が冷えはじめた。大きく息を吸うと、喉の奥にチリチリと細かな氷が通った。


暮れも押しせまって「聖光園」の塾も今年最後の授業になった。幼稚園の方はとっくに冬休みに入っていて、保母も園児もいない「聖光園」はいつもにも増して静かだった。

やはり忙しいせいかやって来た子どもの数は少なかったが、それでもこの前のように三人きりということはなく、中学生の宮下昇も久しぶりに顔を見せていた。風邪の恢復したらしい石川マコトも、兄の信一と一緒にやって来て机に向かい、さっきから「小学生の漢字辞典」を何やら一心に繰っている。

「せんせえッ」

昇が怒ったように英明を呼ぶと同時に、入口の扉がそろそろと開いた。戸口から顔を出したのは園長だった。「わあ、園長先生！」と、三年生の斉藤貢が立ちあがって駆け寄り、園長にたしなめられてまた席に戻った。彼は「聖光園」の卒園生らしかった。

英明は呼んだ宮下昇に手をあげて、園長のところへ行った。

「年末なのにすみませんねえ、あなたは田舎にお帰りにならないの」

「いえ、僕は田舎ないですから……。何か？」

英明が訊ねると園長は笑顔になった。笑うと目尻のしわが一層深く刻まれ、園長の顔は丸みを増す。

「今日ねえ、折原さんがお見えになるって言うんでね、あなたも帰りにお寄りになって下さいませんか」

折原がこの暮れの押しせまったときに、何の用事で園長を訪ねるのかと不思議に思った。が、園長は折原の来ることを楽しげに英明に話した。

「はあ……、でも終わってからだと遅くなりますよ。折原さんそんな遅くまでいるんですか」

「ええ。何時でもお寄りになって下さい、あなたさえよろしければ。……ささやかですけど、忘年会のつもりですの」

園長はにこにこしながら言った。そんなふうに言われると、断わりづらかった。

「せんせえってばよオ」

教室の中から、昇が再び英明を呼んだ。英明はいちど教室の中を振り返ってから、園長に向かって頷いた。

「はあ、じゃあ伺います」

そうしてから急いで園長に会釈し、部屋の中に戻った。

昇は英明が戻って来るのを見ると、シャープペンの尻で教材をピチリピチリと叩きながら言った。

「これよオ、何て読むのかも判ンねえよ」

昇が示したのは、「下剋上」という文字だった。

「判ンないったって、学校で習っただろうが」

「習ってねえよオ、絶対《ぜってえ》習ってねえ。だって憶えてないもん」

「習ってるって。教科書出してみろ」

「持って来てない」

　英明は呆れたように溜息をついた。

「ここで勉強する教科の教科書は持って来るように言ったろ」

「…………」

　昇は口唇をとがらして椅子を揺らし、シャープペンで教材をピチリピチリと叩くのを止《や》めない。

「だから……」

　英明は仕方なく、戦国時代の日本史を、かいつまんで説明してやった。そうしてみると、昇はそれこそ呆れ返るほど、日本史のごく基本的なことさえも理解していないのが判った。

「じゃあさア……」

　まだ説明し終えぬうちに、昇が口をはさんできた。

「このゲコクジョーってのはつまり、家来が親分をやっつけるってことでしょ」

「まあ、そうだな」

「なあんだ、カンタンじゃん。じゃ、この場合はこのアケチミツヒデっていうヒトが織田信長の家来だったのね」

「そう」

「判った判った、先生サンキュー」

ほんとうに判ったのかどうか心配で、しばらく昇の書きこむ答えを見ていると、英明が説明した部分のところは正解が書けているようだった。

あれだけ基礎的な知識がないところにほんの少し説明をしてやっただけで、少なくとも説明された部分は把握したのだから、成績は悪い昇だがもともと頭は悪くないのだろう。なんとなく勿体《もったい》ないような気が、英明はした。

その日の課題をやり終えても、教室の中でぼんやり友だちを待っていたり園児の遊び道具で手いたずらしていたりする子どもが多いのだが、今日はそれぞれ、自分の課題を終えるとすぐに帰っていった。おおかたテレビで子ども向けの冬休み特別番組でもあるのだろう。

最後に残ったのは石川兄弟だった。いつも進みの遅い信一を弟のマコトが待っていて、しきりに「兄ちゃん早く」と脇からせかしていた。

やっとやり終えた信一の課題を英明が採点し終えると、マコトは信一の腕を半ば引っ張るようにして「先生サヨナラア」と戸口のむこうに消えた。

「あッ、マコト」

何かを思い出したような信一の声が聞こえてきたのは、バタバタ階段を下りるふたりの足音が途中まで行ったころだった。

兄弟はまたバタバタと階段をのぼって来て、扉のところに並んで英明を見た。信一につつかれたマコトが、ジャイアンツの帽子を脱いで、神妙にお辞儀した。

「先生、こないだミカンありがとうございました」

続けて信一が棒読み口調で言った。

「よいお年を」

おそらく母親に言われて来たのだろう。それだけ言ってしまうともう普段の調子に戻り、「じゃあねえ、先生」ということばを残してふたりはまた階段を駆け降りていった。

英明はそんなふたりを笑いながら見送ると、教室の中の机と椅子を片付けにかかった。いつものように玄関の鍵をかけて外へ出ると、英明は隣りにある園長の家へ向かった。

鉄扉が開けられると、部屋の中はこの前と同じくむっとするほどの暖かさだった。

居間ではすでに折原が、酔いのせいか室温のせいか赤い顔をしてソファに埋《うず》まっており、入って来た英明を見ると上体を起こして、やあやあやあと無意味な声を出した。テーブルの上には簡単な料理が幾つか並び、折原の食い散らかしたあとがあった。折原は何時ごろから来ていたのだろうか。

園長と折原は遠い親戚にあたると聞いていたが、様子ではかなり親しいようだった。他に客がいるわけでもなく、折原も何か特別な用事で園長を訪れたふうではない。園長と上司である折原とに挟まれて坐っては英明にとっては居心地の良いはずもなかったが、園長はにこやかに話しかけながら英明に酒をつくった。

「少しはお飲みになるんでしょう」

園長も多少は酔っているのか、耳と頰が薄赤く染まっている。なんとなくいつもとは様子が違った。少し若く見えた。

園長は折原の下らない冗談に声をたてて笑い、いつもにも増して饒舌《じょうぜつ》であった。英明に対しては丁寧なことば遣いを崩したことのない彼女が、折原には「あんたはねえ……」などという物言いをした。折原もそう呼ばれて驚くふうもなく、ただ酒を飲んでは早口によく喋った。

英明は話に加わるでもなく追従《ついしょう》に笑ったりしていたが、やがて折原が喋りくたびれてソファに身を沈めると、園長もなんとなく黙ってしまい、沈黙を持て余した感じで口を開いた。

「こないだ折原さんに聞いたんですけど……」

園長は明らかに酔っている顔で話し出した英明を振り向き、話の続きを促すように何度か頷いた。

「そこに曳舟川通りってありますよね」

「ええ、ええ」

「あすこ、昔は川だったたって……」

「ええ、そうですよ」

園長は一瞬、夢見るような目つきをした。

「ついこないだのことのようですねえ……」

「は？」

川がなくなったのは随分昔のことであるはずだ。園長よりは年のいったこの前の喫茶店の主人が、自分が生まれたころにはすでに川はなかったと言っていた。

「ほんとうに、ついこないだのことのようですよ。このあたりもねえ、賑やかでしたよ、いろんな人が集まってねえ……」

「ああ、遊廓のことですか」

園長は英明のことばにクスリと笑った。

「もう遊廓とは呼ばなかったけれど……」

「そうですね、遊廓っていうと江戸時代みたいだな。——赤線とかって言うのかな」

英明がそう言うと、園長はふんわりと顔をあげた。その顔を見て、英明は再び思った。今日の彼女はやはり、いつもと雰囲気が違う。それはわずかに赤く染まった耳朶《みみたぶ》と頬のせいだけではないようだった。今日の園長は、女っぽいのだった。

顔をあげた園長が口を開いて何か言いかけたとき、ソファに埋まって睡《ねむ》っているように見えた折原が突然立ちあがった。

「電車なくなるだろ」

終電という時間ではまだなかったが、それでも園長が慌てて腰を浮かし、「あら、もうそんな時間」などと言っているので、いい機《しお》と思い英明も帰り支度をはじめた。

折原と連れ立って表へ出た。「気をつけてね」を連発して下まで見送ってくれた園長と別れると、英明は折原と並んで駅に向かって歩いた。

踏切の前まで歩いて来たとき、ちょうど警報が鳴りはじめて遮断機が徐々に下りてきた。急げばくぐり抜けられるタイミングだったが、折原が立ち止まったので英明も足を止めた。近づいて来た電車のライトが、ふた筋の鋼《はがね》のレールを白く光らせていた。

「親戚じゃないんだ、ほんとは」

走り過ぎる電車が起こす突風を、まともに顔面にうけた折原が、前髪をなびかせながら言った。

英明もなんとなくそんな気がしていたので、別に驚きもせずに頷いた。

「学生のころ、俺この辺に下宿してたんだ……」

訊ねもしないのに折原は勝手に語りはじめた。

「あのころは――、もう二十年以上も昔の話だけど……。この辺もまだ景気よくってさ。それでももうそろそろ下火ってころだろうな……」

一方からの電車が行き過ぎて、今度は逆側からの電車が近づいて来た。警報は鳴り続けていて、折原のとぎれがちのボソボソ声は一層聞き取りづらかった。

「……百花園のそばに、まだ潰れないで残ってた家が十軒くらいあったんだ。……その中の一軒に――、通ってなあ、俺」

折原の言った「家」というのがどういうところかは英明にも判った。

「そこに……」

赤錆色の電車が小さな旋風を起こして通り過ぎて、折原のことばの続きは英明には聞こえなかった。それが電車の轟音のせいなのか、それとも折原が口をつぐんだためなのかは英明には判らなかった。警報がプツリと鳴き止んで遮断機があがった。

折原はもう何も喋らなかった。英明もさらに追い訊ねはせず、鉄のように冷たい舗装道を黙々と歩いた。

頭の上に瞬きながら動く赤い光は飛行機だろうか。耳をすますとほんのかすかに、キーンという爆音が聞こえるような気もする。

向島百花園のそば、戦後の激しい時代の波に揺さぶられながらも潰れずに残っていたという数軒の家のひとつで、あの園長もいくばくかの若い日々を過ごしたのかも知れないという考えが、黙って歩く英明の内に起こりつつあった。それはひどく唐突な考えではあったが、たとえそうであってもちっとも不思議には思えないのは、少々酔った英明のせいなのか、それともこの町の雰囲気のせいなのか。

――ああ、そうか。

そこまで考えて英明は思いあたった。

なぜか皆一様に痩せ、影の薄い印象を持った「聖光園」の保母たちの姿を思った。いつか英明が心に思い描いた、曳舟川の先にある町――。寄ってらっしゃい、遊んでらっしゃいと、目抜き通りの両脇にずらりと並んで客を引く女たち。英明の心に浮かんだその女たちの面影は、彼女たちに似ていたのだ。

「遅くなっちゃって悪かったな」

折原がぽつりと言った。

「いえ……」

「家までは一時間ちょっと？」

「そうです。でも……、多分もうすぐ引っ越しますから」

「え？——こないだ引っ越したばかりだったろ」

「はあ、半年前です」

「ふうん……」

折原もそれ以上何か問うことをせず、また黙って歩き出した。

駅の灯りが見えてきた。折原の住まいは千葉のベッドタウンなので、英明とは反対方向の電車に乗ることになる。改札口の前で年末の挨拶を述べて折原と別れ、英明はプラットホームに続く階段をのぼった。

階段をのぼりきってから後ろを振り返った。かすかに鍍金《メッキ》の匂いがした。

——これはほんとうに鍍金の匂いだろうか……。

英明はぼんやりとそんなことを考えていた。

——これは古くなって朽ちてゆく町の匂いではないだろうか。

この町には沢山の「生活」が詰まっている。この町に根をはり、彼らはたとえ町が朽ち果ててもここから去りはしないだろう。幾百、幾千の根を持った「生活」を載せたまま、さまざまな人間のいのちを——あわれがあったという昔の遊女たちの、寡黙に舟を曳く人夫たちの、古びた町の片隅にひっそりと暮らす異国人たちのいのちを吸収した町は、それらの重みに耐えかねて深みに沈んでゆくようでもあった。

暗くなった町の中を、大通り沿いの街灯だけが黄色く濁って光って見えた。うるむそれらの光を見ていた英明の耳に、その昔の遊廓の、華やかなさんざめきが聞こえた。その音はやがて大通りを走る車の音と重なり、輪を拡げて英明のまわりを取り巻いた。

英明はふッと前を向き、そうしてからもういちど後ろを見やった。騒いでいた町は突然音を立てるのを止《や》め、英明に見られているのを知っているかのように息をひそめた。

帰れぬ人びと

まだ日暮れにはほど遠いというのに空が凍っている。分厚く白い雲は無表情に都会の上空を覆う。

灰色の道の上に灰色の階段があって、地下鉄を降りた人びとの群れがその階段から吐き出されてきた。村井紀《はじめ》は人の群れに交じって地上にのぼり、凍った空を見あげた。

村井が勤めているのは、輸入ものの雑誌の翻訳などを請け負っている、小さな編集の下請け会社である。仏語学科を卒業した村井は主に翻訳の仕事をしているが、小さな会社のことだから時には使い走りのようなことまでやらされる。

今日は代理店との打ち合わせを済ませてから、午後に出勤することになっている。実は打ち合わせは二日前に終わっているのだが、どうにも朝寝をしたい気持ちになって嘘をついた。

頻繁にそういうことをするわけではない。同僚には真面目に仕事をする男と思われているはずだ。しかし村井には、ひと月かふた月に一度くらい、皆が働いているときにむしょうに休みたくなる妙な癖がある。

会社は八重洲口にほど近い雑居ビルの二階である。古いビルにエレベーターなどあるはずもなく、村井はヒビの入った狭いコンクリートの階段を、音を立てながらのぼった。ひと足かかとを蹴りあげる度に、コンクリートの粉がぱらぱらと散っていくような気がする。

ガラスの部分に社名の入った鉄扉を開けると同時に、村井は「お早うございます」と習慣になった声を出した。数人の同僚がちらりと扉の方に目をやり、「ああ、お早う」と答える。そのやりとりに顔をあげた社長が、奥の席から立ちあがって村井の方に近づいて来た。

——あれ。

村井は何かしら違和感を感じて扉の前で立ち止まった。事務所の中の様子が、いつもとは何か違うのだ。

部屋の中をさっと見廻した村井は、すぐにその原因に気付いた。村井の席の隣りに、見たことのない女が所在なげに坐って、村井の方を見ているのだ。

「村井くんにィ」

社長の磯野は促すように村井に声をかけた。どこの訛りか知らないが、社長は語尾に「にィ」を付ける癖がある。

「このひと、アルバイトで新しく来たひと。こないだ話したよにィ」

「あ、はあ」

かなり前に、事務アルバイトをとるとか磯野が言っていたのを思い出した。見知らぬ女は自分のことを話されているのに気付いて慌てて立ちあがり、村井に向かってピョコリとお辞儀をした。その動作がバネ仕掛けの人形のようだったので、村井は可笑《おか》しく思った。恐らくはまだ学生なのだろう。

「えとね、トモナリさんでしたか」

社長はちょっと顎《あご》をひいて、眼鏡のふちの上から女を見あげるようにして訊いた。

「いえ、知生《ともも》、知生恵子と申します」

磯野と村井の両方に答えるように女は言い、もう一度頭を下げた。まっすぐな長い髪が片側の肩から垂れた。深い礼だった。

村井はどきりとした。知生というのは、よくある姓ではない。

「え？」

村井は自分がどきりとしたのを隠すように、聞き取れなかったという表情を装って訊きなおした。

「知生《ともも》、です。知識の知に生まれるという字なんです」

女は名を訊き返されることに慣れているふうで、すらすらと説明した。少し申しわけなさそうな表情は、「判りにくい名ですみません」と言っているような感じだった。

村井は自分の聞き違いではなかったことを、知生恵子の完璧な説明のせいで殊更にしっかりと確信した。あのとき、あの家族の中には、高校生になるかならないかくらいの娘がいた。

「まだ学生さんなんだけど、フランス語専攻なんだって。村井くん、いろいろ教えてあげて下さい」

社長はことばの後半分を、既に体を反転させながら言い、言うだけ言ってしまうとすぐに後ろ向きになって奥の席に戻った。

仏語専攻などというのは付け加えに過ぎないに違いない。大体からしてこの会社にアルバイトを雇うような必要はないのだ。ましてやフランス語の翻訳の仕事など微々たる量で、村井ひとりで充分片付けられる。

たまたま募集したらたまたま応募してきた学生がいて、それがたまたま仏語専攻だったものだから、年齢的にも若い村井に押しつけた、ということだろう。この会社には、そういう無軌道なところがある。

村井はさまざまに交錯する思考を持て余しながら、怒ったように勢いよくスチールの椅子に腰をおろした。

「あの……」

まだ立ったままの知生恵子は、自分が村井を見下ろす形になったのに気付くと慌てて身をかがめ、「よろしくお願いします」と消えいりそうな声で言ってもとの席に坐った。

この娘に何をさせようというのだろう。十人ちょっとの社員のためのお茶など、古参の女子社員が毎朝沸かしているし、その時間以外には、飲みたい奴が自分で淹《い》れるという半ば暗黙の了解のようなしきたりがある。コピーにしたって大体枚数からして大したものではないのだから、皆自分の必要なものは自分でコピーしている。この会社では、社長ですら自らコピー機の前に立つのだ。

村井は溜息をついた。ふわりと場違いな匂いがした。隣りに坐った知生恵子は、さっきよりも一層身を固くし、握った手をきちんと膝《ひざ》の上に置いて手もちぶさたな視線を部屋の中に漂わせている。草の匂いはこの娘の香水だろうか。

「早速で済みませんが……」

知生という苗字のことは、もっとあとになってから考えることにしよう。村井は全身を緊張させて坐っているこの娘を、これ以上見ているのは居たたまれないような気がして恵子に声をかけた。

「はい」

笑ってこそいなかったが、恵子は白い顔にはじめて明るさを見せて村井の方を振り向いた。

「ワープロのね、リボンを買ってきてもらえますか。出て右に行った角に文房具屋があるから……」

「はい」

知生恵子は椅子の背にかけてあったコートを手にとると、すぐに立ちあがって外へ出て行った。

さっきから気付いていたことだが、恵子はひどく背が高かった。社長と並んだときは明らかに頭ひとつ出ていたから、一六五センチはあるだろう。

村井は、紺色のセーターのすらりとした後姿が鉄扉のむこうに消えるのを見送った。知生恵子は、足音というものをほとんど立てない歩き方をした。それはまるで、自分の周囲のすべてのものに影響を与えるのを怖れているような感じだった。

——そんなはずはない。

村井は心の中で独言《ひとりご》ちて窓の外に目をやった。

――お父さんはね、チクワなのよ。中が空洞なの。

ずっと以前に聞いた姉の声が甦った。

――奴だけは許せん。

その声は、たぶん村井が生涯のうちで一度だけ聞いた、父の他人に対する悪意だった。

窓の外の空は相変わらず凍っている。古い雑居ビルの脇になぜかぽつりと植えられた落葉樹の、ひからびた葉を一枚だけ残した枝に、カケスに似た鳥が止まって首をかしげていた。


村井紀の父は五年前、五十歳で死んだ。村井が大学を卒業する前の年である。

父の五十年の人生は「騙されること」、「裏切られること」であったと今でも村井は思う。父自身、溺れるのを知りながら見も知らぬ他人を救うために水の中へ飛び込んでしまうようなところがあった。

父の決定的な弱点は、いつでも人恋しいところであった。その原因は、恐らく父の生い立ちにある。

詳しいことは未だに知らされずにいる村井だが、父は両親とも健在でいながら成人するまで肉親の手で育てられなかった。父の実母に村井は会ったことはないが、父の実父は父の生まれる前に再婚しており、父の死んだ今でも世田谷の方で家族に囲まれて暮らしている。

村井にとっての祖父が築いた家庭には、つまり村井も、勿論父も血のつながりがあるわけだが、村井はその家族とは会ったことがない。祖父にしても、幼いときに二、三度ばかり会ったことがあるだけである。

——俺には故郷《ふるさと》がない。

ずっと昔、酔った父が言ったのを聞いたことがある。そのことばどおり、父は帰る場所のない人生を送ってきたのだろうと村井は思う。そうしてそれこそが、父をいつでも人恋しくさせていた原因である。

父は長女の京子が生まれた翌年、事業を興した。はじめは社員五、六人の、小さな貿易会社だったという。しかし村井がもの心ついたころには、父の会社は渋谷に自社ビルを持つ、業界の新鋭企業であった。

飛ぶ鳥を落とす勢いで業績を伸ばしていたその会社が、突然、それはほんとうに突然ということばがぴったりなほど唐突に倒産したのは、村井が十八歳のときだった。

父が取りこみ詐欺に遭ったのである。被害は億の単位にのぼり、あれよあれよという間に会社は潰れ、あとには莫大な額の負債が残された。

債務者として矢面に立たされたのは、父の他二、三人の、昔からの社員だけであった。その他の大勢の社員は、子飼いの者さえ旗を翻して債権者側に廻った。

しかし父は、それらの者を悪く言ったことは一度もない。息子である村井が見ていて歯《は》痒《がゆ》くなるほど、父はただ重い顔をして黙っているのであった。

そんな父の代弁をするが如く、母はあらゆる者に対する罵《ば》詈《り》雑《ぞう》言《ごん》をまき散らした。

——浅野が寝返って、今は債権者の先頭立ってるっていうのよ。誰に家建ててもらったと思ってるの、あいつは。

——青田と松本は通じてンのよ。恩知らずにもほどがあるわ。

浅野という男は、以前の会社を上司とケンカした挙句クビになって、行き場を失くしていたのを父に拾われた男であった。村井も幼いころから浅野を見知っていて、姉の京子と村井には「浅野のおじちゃん」と呼ばれていた。

青田というのは父の秘書をしていたのだが、倒産のひと月ほど前、詐欺の一件を知るや否や、しっかり退職金を持ってさっさと自ら社を去った。倒産したあとでは退職金は出ないことを読んでいたわけである。

誰も村井の父を助けてくれる者はいなかった。皆がそれぞれ、自分と、自分の家族を守るために必死だったのである。しかし父だけは、自分を守るより先に他人のことを気遣っていた。

父が成城にあった家を守ろうとしたのも、決して自分や家族のためではなかった。渋谷のビルや、都内の支所、横浜と神戸にあった支社などは、当然すべて差し押さえられていた。その中で父は策を練り、成城の自宅だけは何とか守ろうとした。地価高騰の前ではあったが、成城の一等地に二百坪あった土地と建坪百の建てものは、時期を計らって競売にかければかなりの値段になる。父はその金で、いくらかでも負債を返そうとしていたのだ。

村井と姉の京子、それに母の三人は、倒産してすぐ、成城の家を出て都下に家を借りた。父は友人にその家を「売っていた」ことにし、友人の一家を成城の家に住まわせた。ところが父はそこでもう一度、騙されることになる。信頼していたその友人が、実際に書類上の廉価で成城の家を自分のものにしてしまったのである。

父はチクワだと京子が言ったのは、そのころである。

――お父さんは中が空洞になってるから、何でも呑み下せるのよ。呑み下してしまうから、誰にも怒らないの。

――でもね、あんまり大きいものだと、空洞の内壁だって傷つくわよ。

淡々として喋っていた京子が、そこのところで急に涙ぐんだ。父の「内壁」を傷つけたのは、知生《ともも り》という名のその友人である。

知生は二年ほど成城の家に住んだあと、地価ブームに火が点いたころにその家を売却したらしい。父が死んだのは知生の手によって成城の家が売却されたすぐあとのことである。

父の死因は不明である。遺書は見つからなかったので事故死ということになったが、父は家族の知らぬ間に、かなりの額の生命保険を自分自身に掛けていた。掛け金をどうやって捻出していたのかは誰も知らない。契約は死の一年半前だった。村井は二十歳になっていた。

あとにもさきにも、父が他人に憎悪を見せたのは知生に対してだけだった。取りこみ詐欺の業者にも、子飼いで育てて来たのに裏切った社員にも、父は怒りを見せなかった。

父が知生だけを許せなかったのは、たぶん裏切られた信頼の大きさによるものだろう。人恋しさ故に騙されると知りながら自ら罠にはまってしまう父だったが、知生に対しては最後の信頼を持って接したに違いない。成城の家は父が守ることのできる最後の要塞だった。

容姿に恵まれていた姉の京子は、若い自らの身体《からだ》だけを武器にして生きた。父の死の翌年、京子は十五も年の離れた実業家の後妻に入った。姉の結婚の条件は、母と同居ということだった。

父が死んでから急にしなびてしまったような母は、温和《おとな》しく姉と一緒にその四十男の家に入った。たまに村井と会うこともあるが、もう以前のように威勢よく父を裏切った人びとの悪口を叩くことはない。元気がなくなったのは事実だが、それでも金があるということはそれだけで幸福なことだと村井は思う。

だから村井は、他人が何と言おうと姉の生き方はそれなりに立派なものであると思う。ただ自分と姉の違っている点は、姉は自身が騙す側にまわったというところである。姉はまるで、父が騙された分を生涯かけて取り戻そうとしているかのように見える。京子が十五歳年上の夫を愛していないということは、明白すぎる事実だ。

しかし村井は、他人を騙す気にはなれない。そうしてまた、他人に騙されるのも嫌である。ただただ、ごく普通の人生を送りたい。平凡な女と平凡な家庭をつくり、飛びきり上等ではないがそう捨てたものではない一生を過ごす。それ以上のものは求めまいと村井は思う。

激しい波ははじめのうちは面白いかもしれないが、長く続けばきっと呑みこまれてしまうものだ。村井は、風をはらんだ帆船の帆を思う。ゆるやかにたわむ帆の上で泳ぐような、冒険もないが危険もない生活を村井は好ましく思う。そこには夢はないが現実の生活がある。

騙すのは自分だけでいい。疲れた心を感じたら、時折自分を誤魔化して毒にならない遊びをしよう。たまには夫婦で口争いをしたり、子どもが生まれたら教育問題に悩むふりもしてみよう。

恐らく村井は、妻と激しい言い争いをしたり子どもを叱りつけたりしているときでも、胸の内では醒めきったもうひとりの自分を見つめていることだろう。近い未来のそんな自分が、村井には手にとるように判る。それで充分だと思う。


知生恵子が来てから二週間が経った。相変わらず手もちぶさたで、恐縮しながら坐っているように見える恵子だが、それでも最初のころに比べればいくらか要領を得てきたようで、自分で仕事を見つけるようになってきた。

もともとさせることもないのにアルバイトをとったこちらが悪いのだから、恵子が悪びれる必要はまったくないのだが、することがないときの恵子は心底から申し訳なさそうな顔をしている。

たまたま村井に外廻りの仕事があったために、試しに恵子にワープロを使わせてみたら、これがかなりのスピードで打ちあげることが判った。

「あれ、どこかで習ってたの」

驚いた村井が訊ねると「はい」と、これもひどく恐縮しながら答える。今まで黙っていて済みません、ということだろう。恵子にしてみれば、ワープロの前に血走った眼でしがみついて機関銃のようにキーを叩いている村井の横から、滅多な口出しはしかねたのかも知れない。

恵子は万事につけてそういう調子だった。頭は決して悪い方ではないが、気の弱さ、もっと言うなら何か自分の周囲のすべてに対する怖れのようなものが、その頭の良さを前面に出すのを妨げている。

知生恵子があの知生の娘なのか、村井は未だに確かめられずにいる。その気になれば確かめるのは簡単なことだが、村井は半月のあいだ恵子と机を並べているうちに、そうすることがなぜかひどく場にそぐわないことのような気がしてきた。

ひとつには、恵子が余りにも小心な、絶えずびくびくしているような娘であることが原因している。恵子のそういう点は、村井にとっては好い印象として映った。女でも男でも、まわりを慮《おもんぱか》って少しびくびくしているくらいの方がいい。そうしてあの知生に育てられたなら、恵子のような娘になるはずはないという考えが村井にはあった。父の友人であった知生と恵子とのあいだには、それほどのイメージの相違があったのである。

そしてもうひとつには、恵子の生まれを確かめることが、村井自身の生き方にそぐわないという気がしてきたことがある。恵子が知生の娘であると知ることは、少なからず村井の生活に震動を与えるに違いない。震動は波である。安穏な人生を欲している村井は、自分の内にいささかの波をも起こしたくなかった。

——どっちだっていい。どっちにしろ、俺には関係のないことだ。

村井はそう思うことに決めた。学生のアルバイトなのだから、これからずっと机を並べていくわけではない。就職活動がはじまれば恵子もアルバイトどころではなくなるだろうし、それ以前に辞めることだってあり得る。

個人的に見れば、知生恵子は村井にとってこれまで経験のない好意を感じさせる娘であった。もし恵子が知生という姓を持っていなかったら、村井は何かの形で恵子に近づいていたかも知れないと思う。

しかしそういうことも、村井の中ではさほど重要なことではないように思えた。そうして村井は、そう思える自分に満足していた。

母がスーツケースをふたつ抱えて村井の住まいにやって来たのは、ちょうどそのころのことであった。

姉の京子が母と一緒に入った、村井にとっての義兄《あに》の家は、柿の木坂の閑静な住宅街にあった。村井もいちどだけその家を訪れたことがあるが、駅からは少し歩くものの、緑の多いひっそりとした邸町の中でも義兄の家は目立つほどに豪奢な佇《たたず》まいを見せていた。それはある人が見れば悪趣味とすら言えるような贅沢さかも知れないが、時代がかったロココ風の大きな玄関を姉や母が毎日出入りしているということを考えると、村井はある愉しさを感じた。そのくらいのことをしてもいいではないか、という気がした。

派手であまり落ち着きのない建築は京子の気に入るところのものではあり得なかったが、そういう部分で自分の趣味を犠牲にしている姉に、村井はある種の爽快さをおぼえていた。

村井が住んでいるのは池上線の沿線の小さな町である。商店街と住宅街が半分ずつ混ざりあったような家並の中にある、マンションとアパートの中間くらいの「テラスハウス」と名付けられた建てものが、村井の住まいである。陽あたりが悪く水道の水がたまに濁るが、風呂も付いているし、自分の住まいに不満を感じたことはない。

母は休日の朝に、前ぶれもなくやって来た。柿の木坂から村井のところまでは、電車を使うと二度乗り換えなくてはならない。母の腰痛はかなり前からのものであったが、最近はよほどひどいと以前姉が言っていたのを思い出した。しかも母は大きな荷物をふたつも携えている。

村井はドアを開けて母の姿を見るなり言った。

「どうやって来たの」

「車」

母はぶつりとそう答えると、スーツケースは小さな三和土《たたき》に置き去りにしたままさっさと部屋の中へ入った。

村井は思わずドアの外へ出て、クリーム色に塗られた外の廊下の手すりから身を乗り出した。路上に義兄のベンツが駐《と》まっているかも知れないと、ちらりと考えたのである。

「タクシーよ」

その村井の背中に、母の声が届いた。村井は部屋に戻った。

「どうしたの」

母は部屋の真ん中に坐ったまま、頑なな後ろ姿を村井に向けている。小紋を着ていた。和服のことはよく判らないが、上等なものだということは村井にも判った。

「どうしたのよ」

村井は母に近づきながらもう一度訊ねた。こういうことは困る、村井はただそう考えていた。

「出て来ちゃったの」

さっきドアの外に立った母を見たときから村井の中に起こりつつあった、漠然とした不快感がその母のことばで一層大きく渦を巻いた。

「どうして」

母の向かいに腰をおろしながら、村井は短く言った。母は黙って、あらぬ方向に目をやった。

「何かあったの」

何かあったからこそ、母はこういう不自然な形で村井の部屋に来ているのだろうが、今はそういう訊き方をするより他なかった。しかし村井はそう訊きながらも、母が「ただなんとなく、あなたの顔を見たくなった」などと答えてくれればいいと願っていた。が、母は黙ったままで、相変わらず小さな肩を固くして坐っている。

——たまンねえな、これは。

村井は胸の中で呟いた。不快感が具体的な怒りになるのが怖かった。

こういう場合、どうするのがいちばん自然なのかということを、村井は忙しく考えた。京子か義兄かと、何かいさかいがあったのだろう。それが些細な、取るに足らないことであればいいと村井は思った。

「お茶淹れるか」

村井はひとり言のように言って、勢いよく立ちあがった。母はコーヒーが好きだ。コーヒーを飲みながら、あたりさわりのない話をして、そのあとで義兄の家に電話をかけよう。

母がすぐに帰るのを嫌がったら、二、三日泊めてもいい。けれどそれが限度だ。それ以上母が村井の部屋に留まるのは、誰の立場から見ても良いことではない。

起きたばかりだったので、まだポットには湯がない。村井は取りあえずやかんを火にかけた。ふたり分の湯はすぐに沸いた。

「インスタントで悪いけど……」

コーヒーカップを両手に持って戻ると、母は「ありがとう」と言って素直にひとつを受け取った。

両方の掌で、母はカップを包むように持って膝の上に置いたが、口をつけようとはせずに部屋の中を見まわした。

「あんまし見ないでよ、汚いからさ」

村井は笑いながら言った。汚いとは言ったが、若い男のひとり暮らしにしてはわりと整頓されている部屋だ。

「あんたは昔から、よく勉強したね」

辞書や大学時代の語学関係の教本が、ぎっしり詰まった本棚に目をやりながら母が呟くように言った。村井は、自分の中にチリリと何かが走るのを感じた。

昔のことを思い出すのを、村井はあまり好きではない。日ごろ意識して思い出すまいとしているところがあった。だからこうして、不意にあるころの歳月が甦ると、少なからず動揺してしまうことがある。

大学受験の年に父の会社が潰れた。それまでは自分が大学に進学することに何の疑問も感じていなかったが、突然進学できるかどうかが経済的に問題になった。それと同時に、村井は何が何でも大学に行きたいという願望を持った。

成城の家から移って来た狭い借家に、自分のためだけの勉強部屋を求めるのは無理だった。村井は場所を選ばずに、とにかく一日中勉強した。山手線を何周もしながら電車の中で単語を憶えたこともあった。幸いストレートで国立大に受かったが、受験のころのことを思いだすのは未だに嫌な気がする。

町の居酒屋などに同僚と行くと、たまに浪人生のような集団を見かけることがある。「息ぬき息ぬき」などと言いながら、連中はビールを飲んで酔っぱらっている。

——ふざけるな。

村井は思う。思うが何も言わない。連中に対しては勿論、席をともにしている同僚にも、村井は連中への感想を洩らすことはない。そうするのは趣味の悪いことだと思うからだ。

大学に入ってからは、どんなアルバイトもした。学費は自分で稼いでいた。だからといって、友人たちとのたまの付きあいを断わるようなことはしなかった。バランスの良い人間でありたかった。自分ひとりの「事情」に自分を閉じこめてしまえば、それだけまわりの皆と歩調があわなくなる。出足が遅れると言ってもいい。それが嫌だった。

母は結局、コーヒーをひと口飲んだだけでカップを置いた。

「電話するよ」

村井は宣言するように言って平べったい電話機を引き寄せたが、母は無言のままでいた。

呼び出し音が三回ほど鳴ったあと、村井は姉の声を聞いた。

「はい、美竹でございます」

あまりに普段と変わらぬ調子の、能天気とさえ言えるような姉の声を聞いて、村井は少し腹立ちをおぼえた。

「あ、もしもし、紀ですけど」

「あらあ、久しぶりねえ、どうしたの」

さすがにムッと来た。

「どうしたの、じゃねえよ」

「え……、何?」

「何って……。母さん、俺ンとこに来てるんだぜ」

少し母の方に背を向けるようにしながら、村井は声を低めて言った。

「え? あ、そうなの、やあねえ、ひと声かけてくれればあたしも一緒に行ったのに……。随分会ってないもんねえ、紀、どう? 元気にしてる?」

「…………」

「何よう、黙っちゃって。どうかしたの?」

「どうかしたのって、こっちが訊きたいよ」

「ええ?」

「何かあったんじゃねえのかよ」

「何かって?……何よ、何かあったの」

逆に訊き返された。どうも要領を得ない。村井は振り返って母を見た。母は相変わらず身体を固くして坐ったまま、窓の外をじっと見ている。

「でかいスーツケース、ふたつも持って。ずっと黙って坐ってンだぜ。誰だって何かあったと思うだろうよ」

義兄の家で、母が出て来なければならないような特別な問題があったわけではないらしいということが判ると、村井は肩にずっしりと疲れを感じた。安堵が声を大きくさせた。

「ええッ、やだ、どうしてよ」

「俺が知るかよ」

「今朝早く何にも言わないで出かけたのよ、どこ行ったのかなとは思ってたけど……。よそゆき着てったから、お茶の会の集まりでもあるのかと思ってた」

「スーツケースは」

「気付いてたら訊いてるわよう」

京子はすぐに行くからと言って慌てて電話を切った。義兄はゴルフに出かけているらしい。

受話器を置いて母の方を振り向いた。母は視線を膝のところに落として、ほうお、というような溜息をついた。

「こんなはずじゃなかった……」

母はぼんやりとして呟いた。

村井ははじめ、そのことばの意味を取り違えた。母はまだ五十代だが、娘婿の家に入れば姑だ。これまで「妻」、「母」として一家を治めてきた立場が変わったことで、自分の気持ちの中で何か面白くないことがあって、それが突然荷物を持って家を出るということをさせたのだろう。村井は母の行動をそういうふうに解釈した。

それなのに母の「家出」はあまりにもあっけなく解決してしまった。そのことの顚末に対して「こんなはずではなかった」と呟いたのだろう、と村井は思ったのだ。

村井はそんな母を、なんだかいじらしく思って、「何言ってんのよ」と肩を叩いた。

軽くぽん、と叩いたつもりだったのに、母は叩かれたはずみで身体をぐらりと揺らし、少し蒼ざめた顔になって首をギュッと縮こめた。そうしてからだしぬけに、バタバタと涙を落とした。

「こんなはずじゃあなかったのよ」

村井は唐突すぎる母の涙にひどく動転した。やっぱり何かあったんだ、と思うと同時に、母のことばの意味するものをおぼろげながら理解した。母は現在の生活そのものに対して言っているのだ。

「どうしたの、黙ってたら何にも判ンないだろ」

「…………」

「義兄さんとケンカでもした？」

母は涙を拭き、キッと口をつぐんで首を振った。

「どうして、じゃあ……」

「女がいるのよ」

母はいきなり、汚いものを吐き出すように言って横を向いた。村井は自分がどう対応すべきか判らず、今度はあべこべに押し黙った。

義兄の姿を思い浮かべた。義兄の美竹は、確か四十三か四だ。一代で財産を築いた者特有の、尊大さと卑小さを半分ずつ兼ね備えた風貌をした義兄だが、村井は嫌いではなかった。昔からの財産家の息子などよりも、却って姉にはそういう男の方がいいと思っていた。

働きざかりの現役で相当の金もあるのだから、決してそういうことが良いというわけではないが、浮気のひとつくらい聞き流してやってもいいではないか、という気がした。

「姉貴は知ってるの」

「知ってるも何も……」

「え？」

「京子から聞いたのよ」

村井はまた黙った。

「家にだって来るのよ、ケーキなんか持ってさ。京子お茶なんか出してるの。あんたそういうのどう思う?」

「………」

「親戚の子だって言っててさ。あたしもついこないだまで知らなかったの。なんかおかしいと思って問いつめてみたらさ、京子より前からの女《ひと》だって言うじゃない。開いた口がふさがらなかったよ。美竹は京子が知ってるってことに気付いてないって言うのよ。あんたどうして黙ってるのって訊いたら、京子なんて言ったと思う?」

村井は黙ったまま視線を落とした。

「……あたし来年三十だもん、って……。来年三十だもんって……」

母はむせびながら激しく言った。村井はなす術を知らず、ただ慟哭《どうこく》する母を見た。

——来年三十だもん……。

暗い灯のように笑いながら言う姉の姿を、村井は思い描いた。京子はあの家と、あの生活と心中する気だ。

村井はもう、骨の髄から何も言う気になれなかった。姉の決意はあまりにも奥深い。

そうして母も、美竹には何も言えない。村井はあの時代がかった大きな玄関を思った。

人格さえ捨てられるような価値が、あの玄関にあるのだろうか。

村井は姉が、全身をかけて自分の夫を騙しているのだと思っていた。それは村井の間違いだったらしい。姉はあの玄関と引き換えに自分の人生を売りとばしたのだ。いや、その時点では姉はまだ美竹を騙したつもりでいたはずだ。

「美竹……、義兄さんは、ほんとうに知ってるってことを知らないの」

口の中の渇きをこらえながら、村井はやっとのことで訊ねた。母は小さく頷いた。

村井は息を吐いた。義兄がそのことを知らないでいるということに——少なくとも、知らないふりはしているということに、村井は姉の微かな可能性を見た。それならば京子は、まだ美竹を騙し続けることができる。

「知らせちゃ駄目だ……」

口に出してしまってから、村井はまずいことを言ったと思った。しかし母は何も言わず、泣いたあとの薄ぼんやりとした表情で、さっきのように窓の外を見つめている。

母の心の中を思うと、村井は堪まらないという気がした。母は利巧ではないが頭の良い女だということを村井は知っている。美竹と京子の中にある自らの立場というものを、母は充分に理解しているはずだ。京子は美竹との結婚の話があったとき、まずはじめに母と同居させてほしいと言ったのだ。

それでも村井は、他ならぬ姉のために、母は美竹家にすぐ戻らなければならないと思った。そうでなければ京子は夫を騙し続けることができなくなる。そうでなければ、三十を過ぎてはもう売れないと言い切った京子の意地が報われないのだ。

不意に、昔父を裏切った人びとに対して思いつく限りの非難と罵りを口に出していたころの、母の姿が心に浮かんだ。村井は母が衰えたのだと思っていた。そうではなかったのだ。母は父が死んだときから、自分の中であるひとつのものをあきらめていたのだ。だからこそ母は、娘に従《つ》いて自分と十しか年齢の違わぬ婿の家に入ったのだ。

そうして母は、あきらめたが故に自らの中に堆積してゆくさまざまのものを、今日までずっと身体の中に押しこめていたのだろう。

チャイムもせずにいきなり入口のドアが開いた。京子が靴を脱ぐのももどかしげに、息せき切って部屋の中に転がりこんできた。

「やだあ、もうお母さん、やだなあ」

姉はそれから幾度も「やだ」を繰り返しながら、へたへたと坐りこんだ。三和土には母の持って来たスーツケースが、並べて置いたままになっている。

「どうしたの、ねえ、どうしちゃったの」

京子はスーツケースに目をやりながら、母親と弟を交互に見て言った。それはまるで、ほんとうに平穏な日々を送っている若妻が、年寄りの見せた突然の依怙地な行動に困り果てている、といった様子だった。それがちっとも演技には見えないところが、姉の心の奥底にあるものを感じさせた。

そのとき村井は、全く何事もなかったように振舞うことが誰のためにもいちばん良いのだという考えを、腹の底まで沁みわたらせた。

「旦那とばっかり遊び呆けてるンだろ。ゴルフもいいけど、少しは気ィ遣ってやれよ」

姉は一瞬、それはほんとうにほんの一瞬だけ、泣く寸前の顔になった。美しい顔が一瞬だけ崩れた。

しかしすぐに村井の方を振り向き、京子は幾分早口になって言った。

「だって、いろいろしょうがないことがあるのよ。あたしもやれるだけやってるんだから……。それにお母さんだって、お茶とか何とか、好きなことやってンのよ、ねえお母さん」

母は黙って自分の正面を見つめた。

「まアともかくさ、母さんもあれだろ、深い意味があってのことじゃないだろ。ついなんとなく淋しくなっちゃったンだろ、そんで俺ンとこ来たんだよな、な？」

口調はあくまでも優しさを装って、村井は眼に力をこめて母の顔を覗きこんだ。母はゆっくりと首をかしげ、そうしてからはっきり頷いた。

「別に俺ンとこにしばらく泊めても構わないぜ。義兄さんには何とでも言えるでしょ」

しかし京子は首を振って、きっぱりと言った。

「連れて帰る」

頬が少しだけ紅潮していた。はじめから予想していた答えではあったが、やはり勁《つよ》い女だと村井は思った。

「うん、俺もその方がいいと思う」

これは恐らく、姉にとっての勝負のはじめの峠だ。この峠を乗り切れば、京子はひとつ「勝ち」に近づく。

すぐに母をせきたてるようにして立ちあがりかけた姉を、村井は少しびっくりした顔をつくって見あげた。

「え、もう帰るの。飯食うぐらいいいじゃない、俺この騒動で起こされて、朝からコーヒー一杯だけだぜ」

姉はふと動きを止めて、弟の顔をじっと見た。

「しかもインスタント」

村井は殊更に明るく言って笑った。京子もつられたように少し笑い、母の顔をうかがい見た。母は泣き笑いのような顔になって目を伏せた。

――そうだよ、こんなのは笑いごとだよ。娘婿の家でちょっとばかし窮屈な思いをした年寄りが、ワガママやっただけのことじゃない……。

村井は母につられて自分までもが泣き笑いになるのを怖れ、「外で食おうよ」と言って勢いよく立ちあがった。

義兄が京子用に買い与えた赤いソアラが、狭い路地に駐まってエンジンを切った直後のカチ、カチという音を立てていた。三人は京子の運転するソアラに乗って、環七沿いのレストランへ行った。

伝票は当然のように京子がつかんだ。食事中は黙りがちだった母も、レジの前で村井が「一食ういて助かった」などと冗談を言うとクスリと笑った。

家の前まで送ってもらい、村井は母と姉とに手をあげた。シートベルトが嫌だと言っていつでも後部座席に坐る母は、赤い車が路地の角を曲がるまで、小さな頭を村井の方に向けていた。

ふたりを見送ったあと、村井は激しい疲労に襲われてホッと肩を落とした。突然、胃のあたりがキリキリと痛んで村井は路上にしゃがみこんだ。

やっとのことで立ちあがり、村井は急に重みを増したように感じられる身体をひきずって腹を押さえながら鉄階段をのぼった。

鍵をあけるのももどかしく部屋に入ると、村井は靴も脱がずにバスルームに駆けこんだ。ユニットバスのトイレットの蓋《ふた》を開け、村井は胃の中のものを悉《ことごと》く吐き出した。

便器を抱えるようにしてうずくまると、嘔吐のせいでにじみ出た涙と鼻水が、一緒くたになって鼻の先に溜まった。

——こんなはずじゃなかったのよ……。

嘔吐の苦痛に混じって、母のことばが頭の中をよぎった。何も知らず、広い庭を飼い犬とじゃれまわっていたころの幼い自分の姿が瞼の裏に浮かんだ。

——俺だって思うよ、こんなはずじゃあなかったさ……。

いろいろしょうがないことがある、と姉は言った。その通りだ。

頑なな意志を持って動いている京子はまだいい。その意志が、張りつめた強い糸のように姉の精神を保つだろう。

しかし、そんな我が娘を毎日見ているだけの、そうしていることしかできぬ母はどうだ。あんなふうな形でしか、鬱積したものを吐き出せなかった母の小さな背中を思った。

ああして母は、きれいに磨かれた新車に乗って帰って行き、脆《もろ》くなってゆく身体でやり切れぬ日々を過ごしていくのだ。

だからと言って他にどんな道があるというのだ。村井は他に母を救う方法を全く知らない。そういう自分に憤りを感じることさえ、疲れた村井にはもうできない。

吐き気はさっきの、親子三人がかりで仕立てあげた芝居の厭《いや》らしさから来たものだろうか。あるいは自分が生きている世の中の、情けないほどの「しょうがなさ」からか。

「いや――」

村井はようやく立ちあがって、誰にともなく呟いた。

そんなことを思うことすら、既に陳腐で滑稽《こっけい》だ。いいか悪いかはもう関係ない。三人はもう、こういうふうに生きてきてしまっているのだ。

村井は吐瀉物《としゃぶつ》を水に流した。履いたままでいたデッキシューズを、バスルームから三和土に向けて放り投げた。そうしてから、何度も何度も顔を洗い、何度も何度も口をゆすいだ。

水びたしのまま顔をあげると、くもった鏡にはまぎれもなく自身の顔が映った。村井は少し安心して、自分に向かって寂しく笑いかけた。

タオルを手に取って顔をごしごしと拭くと、パイル地が皮膚にこすれて心地良い痛みが伝わった。

何ごともなかったかのような毎日が、しばらく続いた。いや、実際に何ごともなかったのだ、と思うこともできる。現に村井はそう思って、毎日を過ごした。

あの休日以来、美竹家からは何の連絡もない。村井はせめて、姉が自分の思いを遂げることを——即ち幸せな妻を演じ切ることを望んだ。それだけが姉を救える道だと思った。美竹が裕福であることが、いくらかでも村井の気持ちをやわらげた。

——湯水のように金を使って、ゴルフでも何でもやればいい。

そんなふうに思うことが、村井にとっては免罪符だった。

知生恵子は相変わらず朝やって来ては、多少不安げな面持ちで下らない雑用をこなしている。ワープロの腕前が知れてからは、社員皆が面倒臭い原稿の清書を恵子に頼むようになった。恵子は別段嫌な顔もせずに、ただ言われたことを素直にやっている。

ときどき、〆切間近の仕事に追い立てられて村井が九時十時まで社に残るとき、恵子も一緒に残っていることがある。どうしたの、と訊ねると、明日までにと頼まれた清書がまだ終わらないのだと、淡々と話す。アルバイトの恵子には残業手当は出ない。

「無賃労働じゃないの、出来ないと思ったら断わりなさいよ」

「はあ……」

恵子はこわごわと村井を見あげて目を伏せ、「今夜中に何とか出来ますから」と小さな声で言って一層キーを叩く速度をあげる。

　恵子と一緒に遅くなると、村井は自分の仕事が終わっても恵子が終えるまで待って、駅まで送っていく。特別な意味があるわけではないが、十時近くになって恵子をひとりで歩かせるよりは、やはりその方が自然だろうと思ったのである。

　しかし恵子はその度にひどく恐縮し、「すみません」を連発しながら急いで帰り支度をするのだった。

「――社長さんは、どこの出身なんでしょうか」

　連れ立って夜道を歩いているときに、恵子がポツリと言った。

「さあ……、聞いたことないな。どうして？」

「ことばがね……、少し、郷里に似てるんです」

「へえ」

　何気なさを装いながら村井はそう答えたが、内心妙に安堵していた。「郷里」ということは、恵子は何年か前に上京してきたのだ。ならばあの知生の娘ではあり得ない。

　が、内心の安堵とともにおかしな失意があったことも否めない。どういった種類の失意なのかはうまく説明できないが、それでも村井は、知生恵子に対して特別な緊張をしているところがあった。その緊張がほどけた故の失意だろう。失意というよりは、気落ちという方がぴったりするかも知れない。

村井は、あの当時の知生家の家族構成を思い出そうとした。知生と妻、子どもは三人いたはずだ。

長女が私立の、学費の高いことで知られる有名な女子大の付属中学だか高校だかに通っていた。下のふたりは両方男の子で、まだ小学生だったように記憶している。

村井自身は彼らには会っていないのだが、確か京子が、知生の家族が成城の家に移ったときにガス器具や電気系統の説明をしに行ったはずだ。特注で作らせたものが多かったので、あの家は知らない者には不便なのだった。

帰って来た京子は、肩を落として言ったものだ。

——全部、あの人たちのものになっちゃうんだねえ……。

そのときはまだ知生が勝手にあの家を自分のものにしてしまうことなど判るはずもなかったが、心情的にはそう思えたのだろう。父は一日中金策に走りまわっていた。母は口を開けば誰かしらの悪口を言っていた。

京子がそれ以後の自らの人生を決めたのは、もしかしたらあのときだったのかも知れない。恐らく京子は、その当時の自分の家と知生家との大きな違いを、あの家を通して殊更強烈に感じたに違いない。

隣りを歩く恵子の吐く息が、白く凍るのが判った。

「冷えるな……」

「そうですね」

誰も待っているわけではない自分の部屋を思い浮かべた。部屋に入ったらまずストーブと電気ゴタツのスイッチを入れ、コートも着たまま身体が温まるのを待たないと、村井は何もする気になれない。

「メシ作るの面倒臭いな」

「ひとり暮らしですか」

「そう……。知生さんも？」

「いえ、わたしは母と一緒です」

「あ、そうなの」

知生恵子は大学入学と同時に上京してきたのではないかと、村井は思っていたのだが、母親と一緒に住んでいるということは、何年か前に引っ越してきたのかも知れない。

「わたし、冬って大嫌いです」

恵子が、立ち枯れた街路樹の銀杏《いちょう》の枝を見あげながら言った。だしぬけにそんなことを言い出した恵子が、そのことばに何か別の意味を含めているのではないかと思えて、村井は恵子の顔を覗きこむようにした。

しかし恵子には特別深い意味はないようで、覗きこんだ村井の顔をちらりと振り返って訊いた。

「村井さんは、好きですか」

「いや、別に好きでも嫌いでもないな。……どうして嫌いなの」

「なんだか、寒いってだけで自分が苛められてるような気になってくるんです」

「ふうん」

「それに冬って、なんかイヤなことが起きそうな気がしませんか」

「はは……。それは面白いな」

「面白いですか？」

恵子は面長の顔をキュッと村井の方に向けて、まるで真剣な表情で言った。いつかと同じ、植物のようないい香りがした。

村井ははじめて、知生恵子を可愛いと思った。今まで村井が彼女に感じていた好意は、「痛々しい」というのに近い感情であった。草の香りをさせながら、冬は何か悪いことが起こりそうで嫌いだなどという恵子のひとつの側面を、村井ははじめて見たという気がした。

「いや、ごめんごめん」

村井は笑いながらそう言って、恵子の肩に腕をまわした。恵子は一瞬身体をこわばらせたが、別に拒むでもなくそのままの調子で足を進めた。

「——村井さんは、どうしてフランス語やる気になったんですか」

「さあ、もう忘れちゃったな。あなたは？」

「わたしは……」

恵子は言いかけて、もどかしそうにことばを探した。

「女の子は多いよな、フランスって国に憧れるんだろ」

「あ、それは違います」

意外にはっきりと恵子が言うので、村井はもういちど恵子の顔を覗き見て目で話の先を促した。

「なんて言ったらいいのかな……、ほら、語学は当たり外れがないでしょう」

「当たり外れ？」

「ええ、そう。やっとけば間違いないって言うか……」

「ああ、なるほどね。食いっぱぐれがないって意味ね」

恵子はクスリと笑って、「そうです」と答えた。

「英語はネイティブと同じように話せる人がたくさんいるでしょう。いくらやっても、やっぱり住んでいた人にはかなわないから……」

「だからフランス語？」

「ええ」

語学を学ぶということと、「食える」ということを、恵子のように明確に結びつけている者はそんなに多くない。そのことは何年か前に実際に語学をやっている学生の中にいた村井には、一層よく判る。しかも女の子で、若いうちにはありがちな外国に対する見当外れな夢想や、自分の可能性というものへの過度の期待といったことと切り離した地点で外国語をやっているのは珍しいと言ってしまってもいい。

学費の高い私立の学校に中学校から通わせてもらっていた知生の娘なら、恵子の今持っているような視点を持てるはずがない。人間の考え、殊に生活の手段に対する考えは、その人の育ってきた環境をくっきりと反映するものだ。

知生恵子が父の友人であったあの知生の娘ではないと判ったことが、村井の中でじんわりと安堵を拡がらせていた。知生と同じ姓を持つ恵子が、これまでどんなふうに生きてきたのか、とても知りたいと思った。

村井と恵子の間には、それ以来格別なことは起きなかった。

恵子は週に四日、昼にやって来ては村井と机を並べ、ただでさえ読みにくい、しかも誤字だらけの原稿でも、文句を言うでもなくただ淡々と清書している。遅くなる日にはそれとなく帰り時間を合わせて、夜道を送ってやった。表面的には何の変わりもない日々だったが、村井の中では、恵子に対する好意は強まりつつあった。

美竹の家の方からも、これといった連絡はなかった。ただ、柿の木坂のあの豪奢な家の中で表面だけの和解の日々を今日も送っているのであろう自分の母と姉のことを考えると、村井の中には苦い薬を飲み下したあとのようなざらついた不快感が生じた。

——しょうがないんだ。

村井はその度に胸の中で呟いてみる。

自分のしたことへの意地ということを脇に置いても、母と京子はあの生活を捨てられないだろうと村井は思う。それは「生活」に対する、もっというなら「人生」に対する価値観の問題だ。

即物的な言い方をすれば、母は美竹の買い与えた上等の着物や久しぶりにまたはじめた茶道の稽古をあきらめることはできないだろうし、そういうことは京子にしてみても同じなはずだ。

これまでの人生をそういうものに囲まれたまま過ごしてきた人間にとっては、それらは些細なことに思えるかもしれない。しかし姉や母は違う。

物質的な豊かさがどれだけ精神的な豊かさと密着しているか、あのふたりは誰よりもよく知っている。あるいは空間的な広さが、どれだけ心の広さと密接な関係を持っているかということも。

そうしてその価値観は、というより彼女たちの思想と嗜好は、他でもなく父が作りあげたものだ。

砂漠に住み慣れた人が水を飲まずに歩き続けることはさほどの苦しみではないかも知れないが、蛇口をひねれば水が出るのが当然の暮らしをしてきた人間が砂漠の中に放り出されたとき、その人はひと溜まりの泉の前で狂喜するだろう。もう充分に喉の渇きは癒されても、胃袋がはち切れそうになるまで水を飲み続けるだろう。これでもか、これでもか、というほどに。

美竹の家は、母と京子にとって緑のしたたるオアシスだったはずだ。成城の家を逃げるようにして出てきた日から、熱くこがれるほどに望み求め続けてきたものを、美竹は充分に与えたのだ。

——帰りたいわ。

あのころ姉は、ひとり言のようにそう言うことがあった。どこへ帰るの。村井は出かかったことばを喉の奥で押しとどめる。

帰れるところはこの家しかない。京子もそれはよく判っている。けれど人にとって「帰るところ」は、当然の要求を叶えてくれるところでなくてはいけないのだ。

京子にとって、以前の生活を求めるのは当然のことだった。それを誰も責めることはできない。なぜなら京子はその中で育ってきたのだから。

けれど村井は、「家」というもののもうひとつの役割を思う。それは人に完璧な安心を与えることである。そうしてそれを思うと、村井は姉や母について考えることを止《や》めたくなる。

美竹の家は、あのときの京子が「帰りたい」と言っていた場所であり得ただろうか。

村井の会社に、社長の磯野の母親が死んだという報せが入ったのは年が明けて間もなくのことだった。

もう八十を越えていて、何年も前からずっと寝たきりの状態だったことは村井も聞いていた。秋口から危篤が続いていたらしい。

その日社長は出勤しておらず、電話を受けた女子社員が訃報を淡々とした口調で告げた。通夜は今晩で、告別式は翌日の二時からだという。何人かの女子社員が、早退して社長の家へ向かった。

　夕方近くになってから、再度磯野宅より連絡が入った。男手が必要なので、何人か来てもらえないかということだった。当然村井も呼び出され、数人の同僚とともに社長の家へ行くことになった。

「社長ン家《ち》って、どこでしたっけ」

「大森の方じゃなかったかな」

「いや、大森のもっと先なんだよ」

　村井は勿論、以前に社長の家を訪れたことはなかったので、同僚たちの言うままに地下鉄を乗り換えた。

「俺いいのかな、こんなカッコで……」

　いちばん若い奴が、そろそろラッシュにさしかかって混み合ってきた地下鉄の中でボソリと言った。彼はジーンズをはいていた。誰もスーツなど着ていない。

「格好なんて関係ないんだよ。葬式ってわりと力仕事が必要になることがあるから……、それで呼ばれたんだろう」

　村井がそう答えると、彼は「そうなんですか」と、またボソリと言って黙った。

　新橋でもう一回乗り換えたあと私鉄のターミナル駅でまた乗り換えた。随分長いこと電車に揺られたような気がしたが、時計を見てみると社を出てから一時間も経っていなかった。

「ここで降りるんだ」

そう言われて肩を叩かれた。うそ寒いような、閑散とした薄暗いホームに、そこだけ煌々《こうこう》と明るい駅名表示が「大鳥居」と読めた。

小さな改札を出るといきなり大きな交差点があって、人の背ほどのタイヤをつけたトラックが轟々と地面を揺らしながら走っていた。ホテルの看板と焼肉屋のネオンが、煙っぽい淀んだ夜空でチカチカと輝いている。

「こっからはかなり歩くからタクシー拾おう」

誰かがそう言って手を挙げた。

タクシーの窓からちらりと横を見た村井は、駅の周囲がトタンで囲まれていることに気付いた。はりめぐらされた鉄板のむこう側に、鎌首をもたげた黄色いクレーン車の先端が見える。

——駅を建て直すんだな。

そう思いながら何気なくトタンの囲いを眺めていた村井は、思わずハハ、と声を出した。囲いに貼られた看板に、「犬鳥居駅新装計画」という文字が並んでいたのである。看板はかなり古びていた。着工してから随分経っているのだろう。気付かないわけがないこの間違いを、誰も直そうとしないのだろうか。

そう考えると、なんだかその間違いは村井にとって不気味なものとして映った。

メーターの変わらぬうちに社長宅へ着いた。小さな家々がごちゃごちゃと並ぶ、ドブ川沿いの通りに磯野の家はあった。その町並の中にあっては、磯野の家は立派な佇まいを見せていた。門の脇に続く御影石の塀には、すでに鯨幕が垂れている。

どやどやと家に上がると、磯野は座敷の中にしつらえられた祭壇の前で、まだ普段着のまま忙しそうに立ち働いていた。村井たちの姿をみとめると、「おお悪いにィ」と言いながら片手を挙げた。

葬儀屋の男や家の者に言われるまま、村井たちはいくつかの家具を運んだり、障子や襖《ふすま》を取り外したりした。喪服を着た女性たちも、ある者はグラスや茶碗を運び、ある者は台所の支度をしてせわしない雰囲気である。

人の死とはまったく別のところでたくさんの人間が動いていた。台所からは笑い声さえ洩れてきた。葬式というのは不思議なものだ。

ひととおり仕事が終わって村井たちがひと休みしていると、同僚のひとりが村井たちを手招きして台所の方へ呼んだ。

「寿司食ってけって、社長が」

食卓の上には飯台と湯呑が並べられていた。

疲れたせいもあって、村井たちが黙りがちに食べているところへ、喪服に着替えた磯野が姿を見せた。

「この度は、どうも……」

食べる手を止めて半分腰を浮かせながら村井たちが言うと、磯野は両手でそれを制すようにしながら椅子のひとつに腰をおろした。

「悪かったにィ」

「いや、とんでもないです」

「この年齢《とし》になって喪主ってのがはじめてで……参ったわ」

「…………」

「親父がずっとこの沖で漁師やっててにィ、苦労したけど、まあ最期は我儘《わがまま》放題で幸せだったんじゃないかと思うわ」

「はあ……」

どう答えていいものか判らずに村井たちが曖昧な相槌を打っていると、座敷の方から呼び声が聞こえて来た。磯野は、「じゃ、今日はどうもね」と言い残してあたふたと去った。

「悲しんでるヒマなんてないって感じだな……」

「でも六年間も寝たきりだったたっていうじゃない。覚悟はできてたんじゃないの」

同僚たちがヒソヒソ声でそんなことを言い合っていた。しかし村井は、何か胸に引っかかるものがあって考えこんだ。

「なあ……」

村井は隣りに坐っている同僚の肘《ひじ》をつついて話しかけた。

「『この沖で』ってどういう意味だろうな」

「え?」

「さっき社長が言ったろ、親父はこ、この沖で漁師してたって……」

「そんなこと言ったっけか」

「言ったよ」

同僚は首を傾げてから答えた。

「さあ……。この辺、案外海が近いんじゃないの」

「だって……、東京湾だぜ」

「でも社長のお父さんの時代だろ、東京湾にも魚くらいいたろうよ」

村井の向かい側に坐っていた男が、そこのところで口をはさんだ。

「ああ、聞いたことあるよ、俺」

「え……」

「昔はここよりもっと海寄りに住んでたらしい。ずっと前には、この辺は漁村だったんだってよ」

「へえ……」

ガタガタとあたりが騒がしくなった。玄関の方で、人を迎えている気配がある。住職が着いたらしい。

「焼香だけして帰るか」

誰かが言ったので皆腰をあげた。

焼香を済ませてから社長の家をあとにし、駅まではタクシーを使って皆それぞれの帰途についたが、村井の中には何か割りきれない、不透明な膜のようなものがずっと行き来していた。

夜も更けた電車の中でも、村井はそのもやもやしたものを追いかけるのを止《や》められなかった。感情を抜きにして考えれば、それは取るに足らないことに違いない。しかし村井の中にある本能に近いカンのようなものが、それを些細なことだと決めつけるのを邪魔していた。

——この沖で漁師やっててにィ……。

わだかまりの始まりは、そのことばであった。

——ことばがね、少し郷里に似てるんです……。

以前に聞いた、恵子の声が思い出される。心臓に鳥肌が立つような気持ちがした。

闇の中を走る列車の車窓に、自分の顔が浮かびあがる。村井は扉の脇にもたれながら窓に映った自分を見つめ、殊更に寒気を追い払うかのように、首を激しく振ってみた。

帰宅していつものようにストーブを点け、コートは着たままで湯を沸かすために立ちあがったとき、留守番電話のランプが点滅しているのに気が付いた。

村井は足の指でボタンを押し、そのまま小さなキッチンへ立った。ポットに水を汲んで火にかけていると、背後でピーッと発信音が鳴る。

「そう……、いないの、いないならいいわ……」

名前も用件も告げずに声の主は受話器を置いた。姉である。村井は濡れた手を拭きながら溜息をついた。

手を拭いている途中で発信音はもういちど鳴った。

「知生です……」

ともすればすり切れたテープのノイズにかき消えそうな声がした。村井は動きを止めて、そこに恵子がいるわけでもないのに喋る電話機をじっと見つめた。

「すみません……。特にお話があるわけじゃないんです。ごめんなさい」

声は明らかに後悔の色を持っていた。受話器を耳にあてて当惑しているような表情の恵子が、目に浮かぶような気がした。

恵子の伝言はそこで終わっている。村井はようやくコートを脱いで、服は着たままスチール製のベッドにごろりと横になった。身体の重みでベッドが軋む。キリキリと鋭い音は、ひとりきりの部屋の中で寂しく響いた。


自分の身体のまわりには、目に見えない膜があるような気がすることがある。それに最初に気付いたのがいつだったかは、もう覚えていない。

膜の内側を知っているのは、恐らく自分だけであると思う。それどころか、普段は自分自身でさえ外側だけを見ている。

村井は安穏な人生を望んでいた。ごく普通の妻、ごく普通の家庭――。そういったものこそが、自分を充たしてくれるはずであった。

革張りのソファで脚を組んで坐り、ふと横を見ると庭の中に陽溜まりが見える。冬の太陽は弱々しいが、それでも陽溜まりは優しい色をしている。その光の中で、毛脚の長い灰色の犬が、揃えた前脚の上に載せた鼻先をちょっと宙に浮かして、大きなあくびをしている。

「あれ、なんていうの」

あくびのあとでまた目をつぶってしまった、ふかふかした犬をぼんやりと眺めながら村井は訊いた。

「アフガンハウンド」

紅茶のカップを運んで来た姉が短く答える。

「そうじゃなくて、名前」

「ああ……。グレイっていうの」

「グレイ?」

「そう。灰色でしょ、だからグレイ」

「ふーん、なるほどね……」

日曜日の午後は、時間が速度を緩めるような気がする。ただ刻々と陽射しの色が変わっていくことだけが、時がきちんと流れていることを告げている。

午《ひる》近くまで寝ていたせいか、どうも頭がすっきりしない。頭の中に、まだうっすらと靄《もや》がかかっているようだ。

「煙草いい？」

「どうぞどうぞ」

姉は飾り棚の上からクリスタルの灰皿を取って、テーブルの上に置いた。震動が伝わり、透きとおって穏やかな紅い色をした紅茶の水面が、ふるふると震えた。

村井につられるように、京子も窓の外のグレイに視線を移した。色白の肌が優しいオレンジに染まり、それが癖のキュッと結ばれた口唇が陽をうけて光った。村井は煙草に火を点けながら、見るともなしに姉を見ていた。

スカートの裾《すそ》から、組んだ脚が斜めにすらりと伸びている。白いモヘアのセーターを着て、両腕を片側に寄せるようにしている京子の肩越しに、巨大とさえ言えるような油絵の額が見える。

――こんなことが前にもあった。

たっぷりと眠ったはずなのに、頭の中の靄は眠気に似ている。姉弟がこんなふうに向かいあって坐り、ゆったりした空気の中に居るのは何年ぶりかと考えた。

しかしあのころのふたりと今のふたりは、明らかに違う。姉と村井は、まるでもう取り戻せないと判っている日々を、それでも格好だけ似せた擬似的な雰囲気に浸りながら懐かしんでいるかのようであった。

ひと目見て金がかかっているということは判るがどうしようもなく趣味の悪い、美竹の家の外観――。京子はそれに逆らうかのように、内装に自分の好みを通している。はじめてこの家を訪れたときに、既に村井は気付いていた。この家の調度や部屋の感じは、成城の家にそっくりである。

大きな額の中には、さまざまな色に乱れ咲く百号の花の絵がある。引退した大女優の描いたもので、この人の描く花の絵はプレミアムが付く。母はずっと以前から、この人の花の絵が好きだった。成城の家にもひとつ飾ってあったはずだ。もっともこんなに大きなものではなかったけれど。

「どうしたの、急に……」

花の絵を見ていてふと視線を戻した村井は、京子が窓の外を見るのを止めて自分の方を向いているのに気付いて言った。

留守番電話の翌日に再度京子は電話をしてきて、この日曜は夕食を美竹家でとるようにと唐突に言われたのだった。

正直なところ義兄の家を訪れるのは気が進まなかった。と言うより、村井は何とか口実をつくってそれを避けようとさえした。それでもこうやって今日ここを訪れたのは、姉のことを思ってだった。精緻なからくりのように幾重にも折り重なった感情の殺しあいをしている姉夫婦のあいだで、京子自身が何も知らない、何も気付かないふりをしたいのならばそれに協力してやろうと村井は思ったのである。

京子は弟の問いにちょっと顔をそらすようにし、ぶっきらぼうな調子で言った。

「別に……。お嫁に行ったお姉さんが、たまの休日弟を夕食に招いちゃいけない？」

「…………」

村井はそれには答えず、姉の顔を見た。年齢《とし》のせいもあるだろうけれど、刃物で切り落としたように頰がそげたのは気のせいではない。

「痩せたな」

京子は口唇の片端を心もち歪め、一拍おいてから言い返した。

「そう？　嬉しいこと言ってくれるじゃない」

お互いに何が言いたいのかは判っている。けれど決してことばには出さず、縄の切れかかった吊橋を渡るときのように、危ない均衡を保ちながら考え、話し、ときには笑ってみたりもする。

不意に泡立つものが村井の胸をせりあがった。

あのころに似た部屋の中で、あのころのように窓の外に寝そべる大きな犬を見、母の好きな花の絵に見おろされながらあのころと同じ、ゆっくりと流れる時間を過ごしている自分たち――。しかしあのころ、いつの日か姉とこんなに寂しい心のうかがいあいをしなければならなくなるのだ、などということを、村井は考えもしなかった。

「京子ォ」

玄関の方から、野太い声が姉を呼んだ。義兄のご帰還らしい。はァい、と返事をして立ちあがる瞬間、京子は確かに村井の顔を見た。

その一瞬の姉の瞳は、すべてのことを語っていた。微笑っているとも、泣き出す寸前とも、腹を立てているともとれる京子の眼は、彼女がこの家に嫁いでからのさまざまな思いを、ほんとうに短い一瞬のあいだに色鮮やかにぶちまけているようだった。

――ごめんね、紀《はじめ》。

不意に姉の声が聞こえた。村井は思わず半ば腰を浮かしかけたが、すでに京子は扉のむこうに消えていった。

玄関の方で、京子と義兄がゴルフの成績について話しているのが聞こえて来た。でも今日はいいお天気で良かったわね。そうだな、汗をかいた。……

――ごめんね、紀。

あれは確か、まだ村井が中学生だったころのことだ。飼っていた犬が老衰で死んだ。学校から帰ると、すでに芝生の庭の片隅に石で作った小さな墓碑がたっていた。

犬が死んだのは誰のせいでもないのに、姉は大きな両方の目に涙をいっぱい溜めて、幾度も幾度も繰り返した。ごめんね、ごめんね、紀。

村井は部活帰りの泥だらけの顔のまま、犬の死と姉の泣き顔をどう処理したものか判らず、庭にぼうっと立ったままでただうろたえた。

もう戻れないのだ。そんなことは前から判っていたではないか。もう戻れはしないのだ。

「やあやあ」

磊落《らいらく》に笑いながら義兄の美竹が部屋に顔を出した。ゴルフ灼けの顔、引き締まった筋肉質の身体、母とたった十しか違わないなんて、とても信じられない。

「お邪魔してます」

村井はほとんど反射的に立ちあがり、義兄に向かって頭を下げた。急に立ちあがったせいか、軽いめまいを感じた。

義兄の家へ行って京子と向かいあって坐っていたとき、ふと感じたあの戸惑いは何だったのだろうか。

風をはらんでたわむ帆船の帆の上を泳ぐような、もう長いこと自分が求めていた人生にあのとき村井はほんの少しだけ戸惑いをおぼえた。窓の外ではグレイと名付けられた大きな犬が寝そべり、腰かけた革張りのソファには冬の日暮れ前の柔らかい陽射しがさしこんでいた。そうしてふと、村井は自分はほんとうに何も起こらない人生を欲しているのかと思った。

そのくせよく陽灼けした義兄の姿を見た途端、村井は頑なまでに閉じていく自分の気持ちを感じていた。豊かさを求めまい、ただ平凡に生きよう。村井は念じるように自分自身に向かって言ったのだ。

年齢《とし》を重ねれば重ねるほど、自分の前に拓けた可能性という枠はその幅を狭めてゆく。小さなころは何にでもなれた。宇宙飛行士、パイロット、サッカーの選手。そうして歳月は過ぎてゆき枠は幅を狭め、その狭まった分だけ、大人になった子どもには「分別」という名の付いた得体の知れないものが与えられる。

袋に詰めた「分別」を、えいッとひとまとめにしてどこかに投げ捨てられるのはいつまでが限度なのだろう。あるときを過ぎればそれはあまりにも重くなって、とても投げ捨てることはできなくなるのだ。そうして幾人もの人びとは、ただもう引きずってゆくことしかできなくなった重い「分別」を抱え、限りなく点に近くなっていく可能性を見ながら、かつては目の前に広く開いていた——そして今では細く細くなった道の上を歩いていくのだ。

スチールのベッドは寝返りを打つとキリキリと鳴る。ひとりの部屋に薄白い朝が来て、外では鳥の声も聞こえる。今日も空は凍っているだろう。

村井は起きているのかまだ眠っているのか判らない頭の中で、頼りなく細い橋の欄干のようなものの上を、サンタクロースの袋を引きずりながら自分が歩いていく後姿を思った。その姿は少し滑稽でかなしかった。

ベッドの上に起きあがってみてふと窓から見た空は、やはり白く凍えている。村井はもそもそとベッドから降りて、出かけるための支度を始めた。

知生恵子はあの留守番電話の日からアルバイトを休んでいた。もう四、五日になるだろうか。会社には風邪をひいたという連絡があったらしい。今日も休んでいるようだったら、こちらから電話をかけてみようか。

――特にお話があるわけじゃないんです。ごめんなさい。……

テープの声を頭の中で再生させながら、村井はちらりとそんなことを考えた。

地下鉄の階段を地上に向かって登っていく途中、斜め前を登っている小さな初老の男の背中に気付いた。このまま気付かないふりをして一定の距離をおいて歩いていこうかとも思ったが、考えてみるとそちらの方が気の重いことなので少し足を早めて追いついた。

「お早うございます」

磯野はちらっと後ろに目をやって、おッ、というように眉を上げた。

「ああ、お早う」

村井は磯野と肩を並べる形になって、話すことも特別にないまま寒い冬の朝の舗装道を歩いた。

「こないだはいろいろと済まなかったンにィ」

「いえ、とんでもないです」

答えながら村井は、彼の母親の通夜の晩を思い出した。人影もまばらな、うすら寒いような駅のホームや、妙にだだっ広い道路とけばけばしいネオン——。遠い夜空に赤く点滅する光が見えたのは、羽田の飛行機だったのだろうか。なんだかすべてが、妙に不均衡な雰囲気を持っていた。

地下鉄の駅から事務所のある雑居ビルまでは、十分ほど歩く。普段の村井ならそれでも七、八分で着いてしまうのだが、今朝は磯野の速度に合わせているせいか多少遅く感じられる。

ふと、隣りを歩いているこの男の、黒い革の靴が目にとまった。随分と小さな足だと思った。そうして村井はだしぬけに、この人は何歳《いくつ》なのだろうと思った。

五十五か六、ことによるともう少し若いかも知れないが、父が生きていれば、だいたい同じくらいということになる。今までそんなことを考えてみたこともなかったが、そう思ってみると何か不思議な気がした。

「村井くんのお父さんはおいくつでしたっけ」

不意に訊かれた。村井は自分が思っていたことを読まれていたような気がして、少なからずドキリとした。

「いや、父はもう亡くなって……」

「あ、そうだったっけ。それはどうも……。じゃあ随分若く?」

「はあ、五十で死にました」

「ああ、そう……」

そう答えて磯野はしばらく黙り、そうしてから考えるような目をして言った。

「僕の親父もにィ、若くして死んだですよ。今の僕と同い年のときだったけど……」

「社長は今——?」

「五十五」

それでは村井の父と磯野は、ちょうど同じ年生まれということになる。磯野は歩きながら話を続けた。

「漁師だったから身体は丈夫だったけど、酒が好きで好きで……。こないだ死んだ母も、それで随分苦労したわ」

「はあ、……漁師、ですか」

「そうそう。今からじゃ考えられんかも知れないけど、前は漁村だったのよ、羽田は。川むこうから工場《こうば》がたくさんやって来るまではにィ」

「はあ……」

「ガキのころ言われたよ、僕も。もう海はいかん、そのうちなんも獲れんようになるからって……」

「じゃあ、社長は――」

思いきって口にした村井のことばに、磯野は半ばずり下がった眼鏡のふち越しに村井を見あげるように振り向いた。

「じゃあ、社長はずっとあの町で――?」

「そう。生まれも育ちも羽田、僕は」

磯野はなんだか唄うような調子でそう答えた。

村井の父は成城に家を建てるまで、親戚やら知人やらの家を、小さなころから転々として来たと聞いた。磯野も父も、同じ年に同じ東京に生まれたが、その後ふたりが過ごした歳月は何という差だろうか、とふと思った。父がさまざまな家を渡り住んで成長し、結婚し子をつくり、仕事に成功して家を建て、やがて失敗してその家を手放したその同じ半世紀を、磯野はあの土地のあの家でずっと過ごして来たのだ。

これで磯野は東京生まれということが判ったが、知生恵子の言ったことが嘘だったのか、それとも単なる勘違いなのか、それは村井には判らない。しかし何か正体不明のものが村井の中で、社長の母親の通夜の晩に感じた悪い予感が的中するであろうことを告げていた。

その日、久しぶりで恵子が出社して来た。いつものようにひどく申し訳なさそうな顔をして、村井の方にもぺこりと頭を下げて、恵子は自分の席についた。訊ねなければならないことがたくさんある。――そんなふうにきっぱり思うことはいつもの自分に全然似つかわしくないという気がしたが、村井はつとめて固く思った。

姉の家に夕食に招ばれて以来、自分が妙に不安定な状態にあることに村井は気付いていた。きっとそれは、京子が「帰りたい」と言って帰って行った場所、つまり柿の木坂の美竹の家に、村井もふと郷愁めいたものを感じてしまったことに原因がある。

あの家は――あの家は似すぎているのだ。村井と京子が住んでいた家に。

そういう不安定な状態の中で知生恵子というもうひとつの不安の種を、そのまま放置しておきたくはなかった。

五日ほど休んでいた恵子の机の上には、怠惰な同僚たちの清書前の原稿がかなりの量積まれていた。恵子はキーを叩く音以外の物音をほとんど立てずに、静かに仕事をはじめていた。

ふと、村井の視線に気付いたように恵子が顔をあげた。恵子はこの前の晩の留守番電話を恥じらっているかのように、目を伏せてもう一度軽く頭を下げた。

「風邪なんかじゃなかったんです、ほんとのこと言うと……」

「……どういうこと？」

「家の方でちょっと問題があって――。でもとても複雑なことだから説明なんかできないと思って」

「それで病気ってことにしたわけ」

恵子は村井の問いに、困ったような顔をして頷いた。

村井ははじめて、知生恵子とふたりで向かいあって坐っていた。運ばれた食事に恵子はほとんど口をつけなかったが、この店のハウスワインだけはよく飲んだ。かなり飲んでもまるで様子が乱れないところを見ると、余程強いらしい。

「とても複雑な問題って、どんな……?」

村井が訊ねると、恵子は一瞬口ごもってから話し出した。

「あの日、電話かけたのは、なんだか判らないけど村井さんには話したくなったからなんです」

恵子はそれから、母親が離婚申請している彼女の父親がもうかなり前から行方不明でいたこと、その父親が一週間ほど前に山陰の地方都市にいることが判り、彼女自身が父親に会いにそこへ行って来なければならなかったことなどを話した。

ワインを飲みながら一気に吐き出すように喋る恵子の、頰のあたりが少し上気していた。

「それは——、大変だったたな」

他に言うべきことばも見つけられずに村井が言うと、恵子はいつになく、ぶっきらぼうとも呼べるような口調で答えた。

「馴れちゃったわ、もう」

え、というふうに村井が目をあげると、恵子は繰り返して言った。

「馴れちゃいました、もう。ずっと前から、面倒なことは全部あたし。不文律なんです、家ではね。みんなあたしがやると思ってるんだもの、しょうがないんです」

「でも……、お母さんは——？」

「母なんて。泣いてるばかりだもの」

切り捨てるように言って、恵子はまたグラスに口をつけた。村井はそんな恵子を見ながら、ああ、この女は自分の中に多面体を持っているんだな、と考えたりした。

「前にね……」

いつもとはちょっと違う恵子の様子をしばらく見つめてから、村井はゆっくり切り出した。

「前に……、社長のことばがあなたの田舎と似てるって言ったことがあったでしょう」

恵子は少し驚いたように顔をあげ、一瞬眉間にシワを寄せて考えてから言った。

「そんなこと言いましたっけ、あたし。でもあたしは東京生まれですけど」

「言ったよ、郷里に似てるんですって……」

村井は動揺を悟られまいとしながら言った。恵子はああ、と合点のいったような顔をして答えた。

「恥ずかしいわ、郷里なんて言いました？……東京のね、漁師ことばなんですよ。父のことばに似ていたから」

「じゃ、あなたのお父さんも羽田？」

「ええ、羽田じゃないですけど近くです。あたしも小さいころは住んでました。でも、よく判りましたね、羽田が漁師町だったなんて、知ってる人あんまりいないのに……」

「こないだ社長の家で葬式があったんだ、そのとき聞いた」

「ああ、やっぱりそうだったんですか……」

「ちょっと訊きたいことがあるんだ」

恵子は唐突な村井のことばに少し戸惑いながらも、「はい？」と言って村井の顔を見あげた。

「あなたは成城に住んでいたことがある？」

恵子はわけが判らないという顔をして、少しのあいだ沈黙したあとで答えた。

「ありますよ、短いあいだでしたけど」

身体中の血が腹のあたりに集まったような気がした。

黙ったままの村井を見て、恵子が怪訝《けげん》そうに顔を覗きこんだ。

「何でもないんだ、少し酔った」

無理に笑いながら村井がそう言うと、恵子は少し心配した表情になって「出ましょうか」と言った。

村井は自分の中でこのことをどう処理したらいいのかまったく判らなかった。まるで夢を見ているような感じで、立ちあがりかけた恵子の姿を見つめていた。

ひどく混乱したまま店を出ると、恵子はまだ心配そうな面持ちで村井の顔を見、タクシーを拾うかと訊いてきた。村井ははじめて恵子を見た日のことを思い出した。

長い髪が、頭を下げたときに肩から垂れていた。自分のまわりのものすべてを怖れているような恵子の仕草、いつでも申し訳なさそうにしていた恵子を。

恵子の挙げた手にタクシーが止まった。村井を乗りこませて、そのまま身を引こうとした恵子の腕を、村井は力いっぱいに引いた。二、三秒の抵抗があってから、案外すんなりと恵子は村井の隣りのシートに腰をおろした。

村井の住まいに着くまでの長いあいだ、ふたりともほとんど口をきかなかった。村井は自分が何をしているのかしっかり理解しないまま、その夜恵子を抱いた。

「郷里って言ったのは、あたしがそう思ってるからなんだわ、たぶん」

明け方近く目を覚ますと、すでに起きていた恵子はもっと多くのことを話してくれた。

「貧乏だったのよ、家。でもそのころがいちばん良かったの。そのうちお父さんがいろんなことはじめて、いっときは随分贅沢もさせてもらったけど、でも……」

「でも……?」

「でもあたし、いつも思ってた。こんな暮らししていいのか、って。なぜかわかんないけど、いつもビクビクしてたもの」

「………」

「お父さんが法律すれすれのことしてるのはなんとなく判ってたし、なんだかいつか、とんでもないしっぺ返しが来るような気がしてたの。……その通りになったわ」

知生は父を騙してあの家を売却したあと、次の大きな仕事に失敗した。いわゆる町の金融会社がからんでいたので暴力団が関わってきて、追いまわされたあげく身をかくすはめになったらしい。

村井は天井をじッと見つめた。恵子はもう服を着て、窓際にぺたりと腰をおろしている。恵子にとっては、村井が聞いているかいないのかはさほど問題ではないらしい。

「お父さんのこと好きだったけど、でもあたしにとってお父さんは長いこと負い目でもあったの。お父さんが逃げ出したのは、あたしが大学一年のときの冬だったの、一生のうちでいちばん寒い冬……」

冬は何かイヤなことが起こりそうで嫌いだ。いつか恵子がそう言っていたのを、村井はぼんやりと思い出していた。

「でもあたし思った、逃げ出す前に、どうして戻って来ないのかって……」

「――どこに?」

恵子はふッと遠くを見るような目をして、口唇を突き出して首を振った。

「どこにだろう、判らないけど……。ものすごく長い長い夢を見ていたような気がする、ときどき。ほんとに生きて暮らしてたのは、あの町でだけのような。次に目を覚ましたら、あの埃っぽい埋めたてた町でまた毎日がはじまるんじゃないかって……」

窓の外の空が、次第に色を変えてゆく。群青《ぐんじょう》から淡い紫、白みがかった青……。逃げ出す前に戻ってくればよかった。恵子のことばが心に引っかかった。帰れるところがあったなら、誰だってそこに帰るはずだ。ふと、自分の父のことを村井は思った。

「だからいつまでたっても、あの町があたしの故郷《ふるさと》なんだわ……」

窓の外の移ろう空の色を見ながら、恵子がぼんやりと言っているのが聞こえた。

だしぬけに、「犬鳥居」と間違って書かれた看板のことを思い出した。地面を揺らして走る大きなトラックと、場違いに派手やかなネオン。——あのアンバランスな町が故郷なのだと、知生の娘が言う。それは村井にとって、ひどく奇妙なことに思われた。

「村井さん、聞いてる?」

「……うん、聞いてるよ」

「さっきから、あたしひとりで喋ってる。ごめんなさい」

「いいよ、喋れよ、思いっきり」

恵子は下を向いて少し笑った。

「その大きな家に越したときにね……」

「成城の？」

恵子は頷いて話を続けた。恵子がかつて二年間暮らしたその「大きな家」は、昔村井の父のものだったということを、恵子はまだ知らない。

「前にそこに住んでたって人が、空調とか警報器なんかの使い方を教えに来てくれたの」

京子のことである。村井は目をつぶって大きく息を吐いた。

「若い女の人だったんだけどね……、よく憶えてるのよ。あたし思ったの、ああこの人はずっとこの家に住んできたんだなあって。なんていうか、いかにも育ちの良さそうな、上品な感じの人でね……。そのときあたし思ったの、やっぱりあたしたちなんかが、こんな大っきな家に住むのは変なんじゃないかって……」

「………」

「羨ましいっていうのとはちょっと違うけど……。ううん、やっぱり羨ましかったのかな、その女の人が」

「……どうして？」

「どうしてって――。その人は、そこに住むのにふさわしいって感じがしたもの」

「ふさわしい……」

「うん。そういう感じっていうのは、あとから身につけようったって身につくものじゃないから」

その人は今、好きでもない男と結婚して、自分の意地と他のいろんなものを守るために反吐《へど》の出るような日々を過ごしてるんだよ。——村井は心の内で呟いた。胸苦しいような感情が身体の中で渦を巻いた。

恵子は窓際に坐ったまま、白んでゆく空を見ている。この女も、もう長いことずっと、どこかに帰りたいと思っていたんだろうな、と村井は思った。

そう考えてからふと気付いた。どこかに帰りたいと、いちばん強く願っていたのはもしかしたら自分自身なのではないだろうか。

何の波も立たぬ平穏な毎日を望んだのは、京子と母が選んだ道に対する反発だったかも知れない。それは裏を返せば、父のつくりあげた彼女たちの望むものに対する反発である。いわば村井の願いは、人一倍強くあった郷愁の気持ちの反映であったとも言える。

橋の欄干のように細い道の上を、ひたすらに歩くことしかできなくなった大人たちは皆、いつでもどこかに帰りたいと思っているものなのかも知れない。帰るところはもうないのだと知りながら。

たか。

——俺には故郷がない。

不意にずっと以前の父のことばが甦った。ああ、そうだ。父もずっと帰れる場所を探していたではないか。父のあの人恋しさは、父自身の中にあった郷愁のあらわれではなかったか。

仰向けに横たわったまま目をつぶっている村井の中で、さまざまな人たちの姿が行き来した。それらの姿のひとつひとつが、いちいち村井の胸を刺した。

戻ることも外れることもできないなら、歩いていく先だけが「帰れるところ」なのである。今の村井はそう思う。思うしかない。

「朝だわ、もう」

恵子がぼんやりと呟いた。遠くから始発電車の音が聞こえて来た。

今日もいつもと変わらぬ一日がはじまる。時間だけが正確に刻まれ、そうしてそれは啓示のようにも思える。

いつか心に思い描いた、袋を引きずりながら橋の欄干の上をゆく自分の後ろ姿がもういちど胸に浮かんだ。

「……村井さん、村井さん」

随分と遠いところで、恵子が自分を呼んでいる。起きなければならない時刻まで、まだかなりの時間が残されている。――もう少し眠らせてくれ。ことばに出して言ったかどうかは、どうもよく判らない。

――あたしは帰る。電車も動きはじめてるみたいだし、服も着替えたいし……。

恵子がそんなことを言ったような気がする。

――ああ、そうだね。君は帰りなさい。

村井はまどろみながら、胸の中でそう答えていた。

めめのおねいちゃん

著者に代わって読者へ

めめの話

三十年以上前のデビュー作を含めた作品集を形にし、彼女が心血を注いで書いた作品が新たな読者に出会うチャンスを与えてくださったこと、そして本書を手にとってくださったこと、心から感謝しております。著者に代わって皆様に何かお伝えしたくあれこれ考えたのですが、小説家になる前、いわばビフォー鷺沢な妹のことをお話しさせてください。めめ、こと萠は四人姉妹の末っ子として生まれました。上から順に二歳、二歳、四歳違いですから、長女の私とは八歳の開きがあります。

幼い頃の八歳の差は大きい。めめが生まれたのは、ちょうど父が会社を立ち上げて間もない頃で、両親は一日二十八時間という勢いで働いていましたから、学校から帰ってランドセルを下ろした私の背中には、否応もなく自動的にめめがくくりつけられました。「疲れたら言いなさ……」と声をかける母に皆まで言わせず、「疲れた」と毎度、ささやかな抵抗をしたような気がします。密着した背中の温かさや、後ろから私のうなじや髪にふれてくる小さな指のひんやりとくすぐったい感触が、姉としてのめめの最初の記憶です。

思えば何でも「自分でっ」と自力でやりたがる子でした。母によれば上三人に比べておむつ離れもダントツに早かったそう。一人で用を足せるようになると、私の新たな毎夕の日課は、西の外れにあるトイレから響いてくる「すんだ〜」の声に弾かれて、お尻を拭きに廊下を走ること。扉を開けると、西日の中でいっぱいに背伸びしてお尻にえくぼを作り、窓から外を眺めている後ろ姿が目に飛び込んでくるのが常でした。

字もしきりに書きたがったので、膝にのせて手を添え、最初は名前の書き方を教えました。頬と鼻をくすぐるふわふわした幼い髪の匂いと、腿に当たる少しとんがったお尻の骨の感触、そしてあまりにも堂々とした鏡文字の「め」が、家庭内寺子屋の初日でした。

ひらがなをみるみる覚え、ほどなく絵本を読めるようになったのですが、読み聞かせも好きでした。なかでもいちばんのお気に入りは『東海道中膝栗毛』。話は本から離れますが、テレビ番組では『浮世絵　女ねずみ小僧』。幼児にしては趣味が渋すぎです。子ども向け番組では何といっても『昆虫物語　みなしごハッチ』。「ハッチが、ハッチがかわいそうだよ」と、ビー玉みたいな涙をパラッパラ飛び散らせてしゃくりあげるので、息が止まっちゃうのではないかとヒヤヒヤしたこともあります。

アニメの主人公に共感しすぎるほど感情たっぷりなめめは、他人を喜ばせるチャンスを、常に待ち受けているようなところもありました。家族の誕生日は何か月も前から準備し、本人よりも首を長くして指折り数えているという具合。「おねいちゃんへ」と書かれた数々の手作りカードを今見ると、一所懸命なめめの思いに見合う喜び方をしてきただろうかと微妙に不安になります。そんなあり余るほどの感情が呼び水になり、生きているこの底に流れる寂しさがじわりじわり湧き出して、めめの心の底にいつか静かな深い湖ができていたのかもしれません。大人になった私は、ついにその水を汲むことはできませんでした。

姉妹って不思議です。同じクラスにいたら、たぶん仲良しにはならないだろうなというぐらい全員まるで性格が違うのに、四人いつも一緒になってパクパク食べ、コロコロ遊び、キュッキュと笑い、ガシガシ喧嘩しては、また子犬のようにくっついて眠る。つつましい幸いに満ちたあの幼い日の記憶は、私にとっては日なたの匂いのするぽんぽんに膨らんだ干し布団。青く冷たい水底にひとり沈んでゆくように目覚める朝でも、あの布団を思えば、休みなくやってくる今日に立ち向かう普通の勇気が戻ってきます。

最初から最後まで「家族」というものを問い続けたと評していただくことが多いめめの

心に、この布団はなかったのかなあと知りたい気持ちもありますが、本当のことを言うと、私は鷺沢萠という作家の書いたものを読むことができません。家族の日記を読むようであまりにも気恥ずかしく、本を開こうとするたび耳の辺りから熱くなり、そのうち目の裏がじゅっとしてきて、やっぱ無理だと断念し続けています。いのちをすり減らして戦った妹の軌跡を、姉が知らなくてどうするという呵責の念もありますが、かけがえのない小さなめめのまま、心に抱いてゆくというのもありかなと、最近は思い始めてもいます。

それにしてもせっかちすぎるめめのヤツ。四人とも四捨五入したら百歳になったこれからこそが大変なのに、私たちには一声もかけず、さっさと西の果ての国に旅立ちました。いまだ「すんだ〜」の声は聞こえてきませんが、たぶん金色の光の中で、さらにその先の世界に開いた窓を、目をまんまるに見開いて見ているような気がしてなりません。

二〇一八年四月十一日

文學界新人賞受賞のころ（写真提供　文藝春秋）

帰れぬ世界

解説

川村　湊

成田空港から羽田空港まで、千葉中央の田園地帯を走る快速電車は、一時間半ほどをかけて、青砥《あおと》、押上《おしあげ》、大門《だいもん》、泉岳寺《せんがくじ》、品川などを経て、首都圏の二つの〝東京国際〟空港を結ぶ（乗り換えはない。直行線である）。電車のガラス窓の向こうには、曳舟、京急蒲田、大鳥居などの駅名が見える。東京と成田を結ぶ京成線、東京と横浜を繋ぐ京浜（急行）線（そして北総線や中間の都営浅草線）は、東京湾岸に沿った下町の小さな駅々を次々と結んでゆくのである。

「川べりの道」「かもめ家ものがたり」「朽ちる町」「帰れぬ人びと」という四編の短編小説をまとめた鷺沢萠の小説集『帰れぬ人びと』は、この東京の下町線ともいえる京成線、京浜線沿線の町を主な舞台としている。

いずれも、懐かしさや郷愁の漂うような、下町の情緒が作品世界全体に感じられ、工場の匂い、下水やドブ川のような匂い、魚や肉を焼く匂いや、果物やお菓子の甘い匂い、洗濯物の干した匂いやお線香の匂いなど、人間の生活の匂いが、そこかしこに漂っている。

　こんな下町の人情話に似たような小説を書いたのが、二十歳そこそこの女子大生作家であったことが（文學界新人賞を受賞した「川べりの道」を書いた当時は女子高校生だった）、時の文学世界（文壇）を驚かせたことは当然ともいえることだった。それは、普通は老成した、ベテランの中年、長老の小説家たちが描き出すような世界だったからである（だから、鷺沢萠のデビュー時には、旧弊であるとか、悪達者であるといった批判もなくはなかった）。

　だが、各作品の主人公自体は若い人だ。「川べりの道」の吾郎は十五歳。彼は月に一回、川べりの道をたどって、父親と「女のひと」が住む家に、自分と姉の生活費をもらいに行くのである。

「かもめ家ものがたり」のコウは、二十代前半（二十一歳の鮎子よりちょっと年上ということで）、京急蒲田駅近くの食堂を一人で切り盛りするという生活を送っている。「朽ちる町」の「聖光園」という幼稚園で小・中学生相手の塾講師をしている英明も同年配と思われ、「帰れぬ人びと」の主人公で、翻訳会社に勤務している村井紀《はじめ》も、父が死んだ「五年前」が、彼が大学を卒業する一年前だったということだから、二十代の半ばの、やはりほぼ同世代だろう。つまり、これらの作品を執筆していた作家自身とほぼ同年配か、多少、年齢が上下する程度だろう（「川べりの道」の場合は、「吾郎の姉」が、作家自身とちょうど同世代ということになるだろう）。

坂口安吾が、その名作「風と光と二十の私と」のなかで、「私は近頃、誰しも人は少年から大人になる一期間、大人よりも老成する時があるのではないかと考えるようになった」と書いている。安吾が、小田急線が開通する前の下北沢で、小学校の代用教員をしていた頃の回想を書いたもので、大人と同じような不幸を背負ったような生徒たちへの共生感のようなものを書いた作品である。

安吾は、二十歳前後の年齢が、人間や世界のこと、世の中のすべてのことに悟り切るような瞬間があることを書いた。ウノキ（京浜急行多摩川線の鵜の木駅のことだろう）の家に「女のひと」と同棲する吾郎の父親も、コウの雇い主の「かもめ家」（京急蒲田駅の近くにある）の親方（オーナー）の「奥さん」も、不義の仲の異性とただならぬ関係を持っている。

それは家庭や社会の公序良俗に反した、大人の男女の不倫関係、いわゆる〝爛れた〟ような関係である。しかし、それを見ている吾郎も、コウも、必ずしも倫理や道徳的な観点

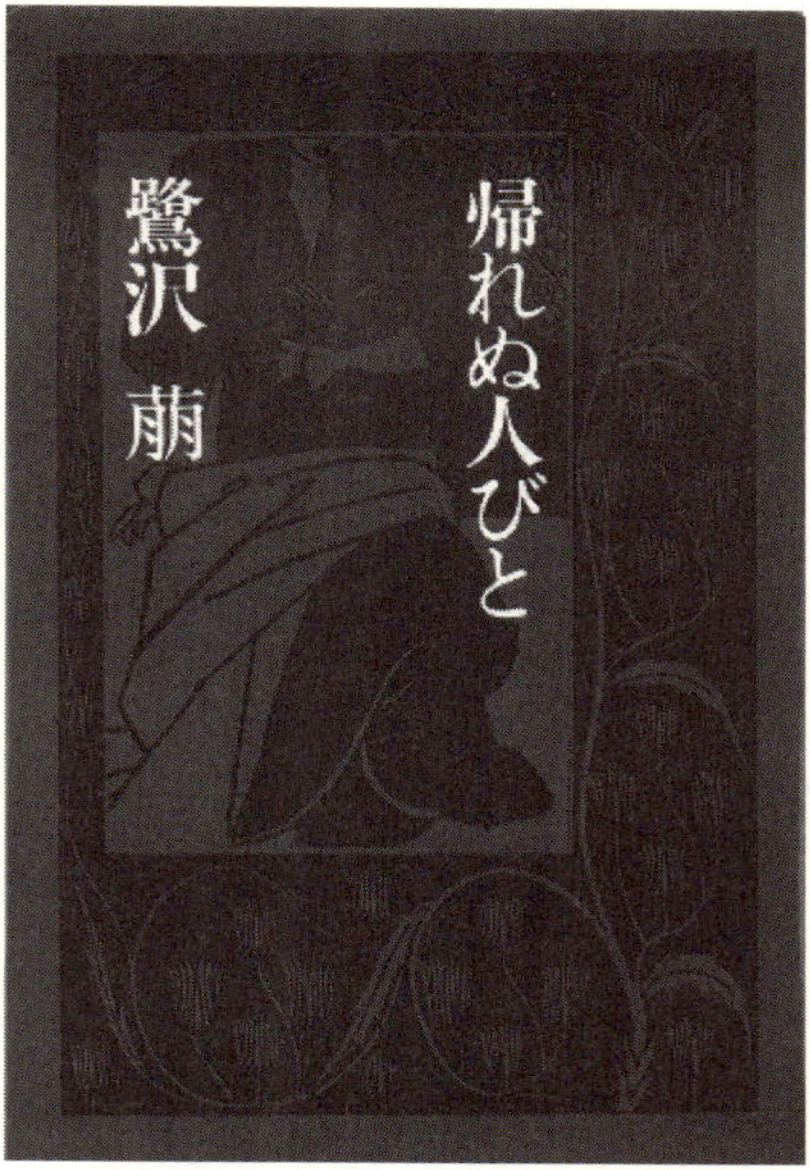

単行本『帰れぬ人びと』カバー
（文藝春秋　1989年）

から非難や糾弾をしようとしていない。いわば、大人の男女の関係とはそんなものだと「老成」したように悟っているようなのだ。

父親にとっては正規の妻であった実母とは違う「女のひと」に対する吾郎の感覚は、単純な憎しみや非難の視線で見ているようなものではない。相手を疎んじ、相手に疎んじられているのは確かであり、吾郎にとって自分の父親を奪った仇敵のような存在であるわけだが、そうした憎悪や嫌悪は、あまり感じられないのである。

「かもめ家」の親方の「奥さん」に対しても、微かな同情や理解は感じられても、道徳的に批判したり、糾弾するような感覚はない。愛人の女と同棲するために、実子である姉や自分を見捨てたような父親や、「親方」よりも若いやくざ者の男と駆け落ちしたような「奥さん」に対する憎しみや嫌悪や蔑みの視線は、そこにはない。大人の男女の関係は、えてしてそんなものだという、達観や諦観のようなもの（大人の智慧?）が、そこには感じられるのだ。

安吾の言葉によれば、「彼等にはまだ本当の肉体の生活が始まっていない。（中略）四十五十の大人よりもむしろ老成している」のである。

もちろん、それは少年や少女が、大人の狡さや、廉恥心のなさや、図々しさやふてぶてしさに染まっていなく、純粋であるということだけではなく、そのことを精神的に理解しているだけであって、肉体の生活を通じて獲得したものではないということだ。そこには、少なくとも肉体的欲望や欲求によって〝歪められた〟精神と肉体との倒錯はないのである。

「川べりの道」の吾郎が父（と「女のひと」）の家から持ち出したガラス容器は、ギザギザの模様に苺の赤い色が映る、純然たる美しさに輝くガラス器ではなく、欠けもキズも汚れもくすみもある安ものの器物にほかならなかった。それは吾郎にとって、姉が思っているような、昔の両親と二人の姉弟のそろった「家」（の象徴）のように美しく、懐かしく思い起こされるようなものではなく、そのくすんだ安っぽさゆえに、破壊されるべきものだったのである。

誤解のないようにいっておけば、吾郎が川端のセイタカアワダチソウの草むらに捨てたガラス器は、父親と「女のひと」との〝不純〟な生活を壊そうとすることを象徴しているのではなく、父と母と姉と吾郎が生活していた、失われた「家」を象徴しているのだ。

昔の四人家族（母親は吾郎にとっては実母だが、姉にとっては継母だ）の「家庭」。姉が懐かしむような〝美しい思い出〟としての「家」や「家庭」や「家族」にほかならないのだ。そうした普通の、平凡であり、ささやかな幸福に彩られた「家」や「生活」こそが吾郎から失われたものであり、それは二度と取り戻すことができないものなのである。

十九歳の女子大生作家・鷺沢萠の小説の出発点は、多摩川沿いの川べりを孤独に歩く少年の物語から始まった。それは〝帰れぬ〟世界、〝懐かしい〟家への思い出や憧れを断念することだったのである。だが、「かもめ家ものがたり」や「朽ちる町」では、新しい家や甦る町、世界への希望のようなものが描かれているように思える。

妻に逃げられた夫である親方から「かもめ家」という食堂を任されたコウは、鮎子との新しい「かもめ家」の物語を紡いでゆこうと決意する（私には、そう読める）。偶然に出会ったとしか思えない鮎子には、旧い「かもめ家」での物語があったようだ。

「朽ちる町」では、町工場の鍍金《メッキ》の匂いがし、赤線と呼ばれる売春の町だった「ひきふねがわどおり」の町の匂いやたたずまいが英明の心のなかに甦ってくるように感じる。クリスチャンの園長たちの営む幼稚園で、英明は小・中学生相手の学習塾のボランティア講師をしているのだが、そこに通う在日朝鮮人の子どもとして差別される兄弟たちの日常や、かつて遊廓だった地域に生きていた下積みの哀しい女たちの生活を、英明は感じざるをえないのだ。

そんな底辺層の人間たちの「生活」が過去から現在へと積み重ねられ、東京の暗い下町は朽ち果てて行こうとする。だが、その町で生活する子どもたちや人間たちがいて、そこは朽ちることのない町として生き続けて行くことも、また確かである。

そこには英明を包み込むような優しさがあると感じられる。両親が離婚し、母子家庭の家財（それは幸福だった生活の思い出の詰まったものだ）を火災で失ってしまった英明を優しくなだめ、慰めるものがあると思われる。鼻が慣れると、異様な匂いも気にならなくなるように、〝朽ちる町〟もやがては居心地のよい町となるかもしれない。そんな気配を感じさせる作品なのである。

表題作である「帰れぬ人びと」では、登場人物は東京都内を転々として住んでいる移動民たちだ。家というよりも、それが存在している立地としての町の方が重要だ。

人の良い経営者だった村井の父親は繁華街である渋谷に本社を置く貿易会社を経営していたが、取り込み詐欺にあってあえなく倒産した。最後に残ったのが、山手の高級住宅街として知られる小田急線の成城にあった大きな家だったが、それも信頼していた知人（知生《ともも》）に裏切られて奪われてしまった。

村井は、現在、編集の下請け会社に勤め、池上線沿線の町のテラスハウスに住んでいる。母親のために、羽振りのよい男のところに後妻として入った姉は柿の木坂に住んでいる。村井の勤務する会社の社長の家は京急線「大鳥居」の駅の近くにあった。

京浜急行線の羽田空港へと行く途中の小さな駅だ（それが「犬鳥居」と誤記されているのは滑稽だ。羽田空港行きの特急は、大鳥居だけではなく、青物横丁、梅屋敷、穴守稲荷といったユニークな駅名の小駅に停車せず、あたかも路傍の野良犬のように黙殺する)。村井は社長の母親の葬儀の手伝いのためにそこへ行き、会社にアルバイトとして来ている知生恵子の出身地がその近辺であると考える。社長の言葉が彼女の故郷のものと似ていると言うのを聞いたからだ。

互いに心を寄せ合うようになった二人だったが、「知生」という姓は、彼の父親から成城の家を奪い取った知人と同じ姓だった(知生という姓は珍しい。彼女が「成城」出身であれば、父親の仇敵の娘だったということになるだろう)。

この小説の舞台は、小田急線と池上線と京浜急行線という首都圏の三本の鉄路によって形作られている。もちろん、高級住宅街としての成城学園前駅と、元漁師町の下町である京浜急行線の大鳥居駅前近辺との対比が、この作品世界の分割線となっている(池上線は、その両方の線を結ぶ中間地という位置付けだろう。階層的には中間層の住宅地帯という感覚だろう)。

村井家も知生家も、御屋敷町の成城の家を頂点として、いわば零落するように海岸べりの元漁師町や下町に居を移している。いや、移さざるをえなかった。こうした土地感覚は、都会生まれ、育ちの〝東京人〟にとっては常識的なものだろう。

だが、この場合でも、村井紀が呟く〝俺には故郷《ふるさと》がない〟(本当は彼の父の口癖のようなものだったが）というのは、高級住宅街としての成城の大きな家のことではない。

柿の木坂であろうと、池上線の近郊の小さなテラスハウスであろうと、ゴミゴミした京浜急行線の大鳥居の近辺の仕舞屋《しもたや》風の「家」であろうと、彼には、どこにも「帰れるところ」、「帰れる家」などないことを意味しているのだ。ここでも父と母が生きていて、綺麗な姉と自分とがいる、幸福な家庭、家族、家といったものがすでに失われたものであることを示している。

それが現代人としての私たちの宿命なのだといったら、あまりにも悲観的な考え方だと謗られるだろうか。それは都会に生まれた人間には、〝故郷〟がないといったこととは明らかに違っている。それは現実的にも、〝理想（空想）〟的にも、故郷も、故郷の家も、故郷の家族も移動民としての私たちは失っている本質的な感受性なのである。

『帰れぬ人びと』の各作品に漂う静謐感、清潔感や諦観のようなものは、「少年（少女）から大人になる一期間」の〝老成〟した主人公たちの感性によるものである。それはいわば人間の生や生活を達観し、未来や将来を生きる前に、早々と大人となり、絶望することを知ってしまった早熟な天才たちの表現にも似ている。未成年の時期に〝すべてを見た〟アルチュール・ランボーやレイモン・ラディゲのような。

もちろん、大人になるということは、安吾のいうように「本当の肉体の生活」を始めるということである。それは肉体的な欲望や、社会的な渇望を満たそうとすることを肯定するものであり、少年少女たちの純粋な眼から見れば、いわば〝堕落〟することだ。堕落した大人たち、堕落することが成人の条件のようになっている社会のなかでは、青臭いモラルや倫理観だけでは、生き抜いてゆくことはできない。夫婦や親子、兄弟姉妹、親族といった「家」の成り立ちや社会の秩序や構成も、壊れるために、朽ち果てて崩れ去ってゆくために存在しているように思われる。

鷺沢萠は、早いうちから、そのことを感覚的にとらえ、小説として描き出してみせたのである。その意味で、彼女を早熟な、老成した作家と呼ぶことは語義矛盾ではない。早熟と老成とは、むしろ同義的なものだろう。

だが、私たちは、鷺沢萠という作家が、『帰れぬ人びと』という小説集とほぼ同時に『少年たちの終わらない夜』という小説集を刊行したことを知っている。そこにはまさにティーンエージャーの少年たちが極限的にまで〝堕落〟する様相が描かれている。もちろん、それは「非肉体的な生活」を限界近くまで追求するものであったために、爽やかで純粋な歓喜や悲哀に満ち満ちている。

坂口安吾は、「家へ帰る」ということは悲しいことだと書いた。誰もいない家に帰っても、叱られるような感じがすると安吾は書いている。家に帰ることのない（帰る家もない）少年少女は、それよりももっと悲しいのかもしれない。遊び疲れて、ひとりぼっちの家に帰った鷺沢萠のように。

年譜

鷺沢　萠

一九六八年（昭和四三年）
六月二〇日、世田谷区に生まれる。
一九七一年（昭和四六年）　三歳
三宿さくら幼稚園入園。この頃、生家のあった土地に父の経営する会社の本社ビルを建設するため、しばらくのあいだ借家に住む。ガスがプロパンだった。借家住まいを終え、本社ビルの五階が一家の住まいとなる。四人姉妹は二段ベッドをふたつ並べて同じ部屋に寝起きしていた。
一九七四年（昭和四九年）　六歳
仕事で多忙となった母、末子の幼稚園への「送り迎え」をするのが困難となり、幼稚園を途中でやめる。以降、小学校へ入学するまでの一年間は五歳にして「浪人」の生活であった。でも面白かったけど。深夜までテレビとか見られて。
一九七五年（昭和五〇年）　七歳
東京学芸大学附属世田谷小学校入学。
一九七六年（昭和五一年）　八歳
父が田園調布に土地を購入。世田谷区から引っ越し。
一九七八年（昭和五三年）　一〇歳
父が田園調布にふたつ目の土地を購入。田園調布の中でふたたび引っ越し。はじめて、「自分の個室」を与えられる。

一九八一年（昭和五六年）　一三歳
東京学芸大学附属世田谷中学校入学。小学校から持ち上がりの生徒たちは「内部生」と呼ばれ、キビシい受験を勝ち抜いて入学してきた生徒たちは「外部生」と呼ばれていた。この「外部生」たちがあまりにも勉強ができて、やってもやっても追いつけない。なんか、いろんなことがどうでもよくなる。人生で初めての「ザセツ」を感じる。

一九八三年（昭和五八年）　一五歳
高校受験のため、死ぬほど勉強する。得難い夏であった。

一九八四年（昭和五九年）　一六歳
年が明けたと思ったら父の会社が倒産する。受験ですらも「どうでもよい」ことになる。人生で二度目の「ザセツ」を感じる。東京都立雪谷高等学校入学。高校の学費を自分で捻出していたため、アホーのようなバイト生活に入る。でも推薦だけは「ここから貰おう」と思っていたので、学校の勉強には手を抜かなかった。バイト生活なので部活は無理だったが、ある程度の学内活動をしていないと推薦は貰えまい、と小賢しく考え、「体育祭委員」、「合唱祭委員」などの短期で終えることのできる委員に率先してなったりする。

一九八六年（昭和六一年）　一八歳
上智大学の推薦入学試験にパス。

一九八七年（昭和六二年）　一九歳
年が明けたと思ったら父が死ぬ。またもや、いろんなことがどうでもよくなる。上智大学外国語学部ロシア語学科入学。「川べりの道」で第六四回文學界新人賞受賞。

一九八八年（昭和六三年）　二〇歳
「文藝」に「誰かアイダを探して」、「文學界」に「帰れぬ人びと」、「月刊カドカワ」に掌編連載など、近所のファミレスで積極的に執筆。

一九八九年（昭和六四年・平成元年）　二一歳

はじめての単行本『少年たちの終わらない夜』、二冊目『帰れぬ人びと』と、傾向の違う二冊を続けざまに刊行。本人の予想に反してベストセラーとなる。「駆ける少年」の資料を探すうち、祖母の戸籍より、自分が朝鮮半島の血を引いていることを知る。

一九九〇年（平成二年）二二歳
四月に結婚。暮れに反町に引っ越し。『海の鳥・空の魚』『スタイリッシュ・キッズ』『葉桜の日』刊行。

一九九一年（平成三年）二三歳
母の病気発覚。離婚。『町へ出よ、キスをしよう』『愛してる Sixteen scenes in the humid town』刊行。

一九九二年（平成四年）二四歳
尾山台に引っ越し。『駆ける少年』で泉鏡花賞受賞。その賞金を頭金にベンツを購入。また当時出たての携帯電話を持つことによってわかりやすい見栄をはる。『ハング・ルース』『THEY THEIR THEM』刊行。

一九九三年（平成五年）二五歳
一月から韓国に半年間留学。学校に通いながら、その間「大統領のクリスマス・ツリー」を執筆。六月に帰国して「ケナリも花、サクラも花」が出来上がると気が抜けてスランプに入る。燃え尽き症候群。

一九九四年（平成六年）二六歳
楽しい事はなにもなかった。死んじゃえ死んじゃえと思い続ける。レゾンデートルのない日々。『ケナリも花、サクラも花』『大統領のクリスマス・ツリー』『愛しのろくでなし』『月刊サギサワ』『奇跡の島』刊行。

一九九五年（平成七年）二七歳
愛犬コマの導入。都内で韓国語の学校に通い語学に熱中。自分が思っていた以上に韓国語ができることに気づく。『私はそれを我慢できない』刊行。

一九九六年（平成八年）二八歳

祖母の死。家のことは書かないでと遺言され、以後、書くことがなくなる。『夢を見ずにおやすみ』『F　落第生』刊行。

一九九七年（平成九年）　二九歳

『バイバイ』『君はこの国を好きか』刊行。

一九九八年（平成一〇年）　三〇歳

初めての三〇分演劇「ラフカット」の脚本執筆。『途方もない放課後』『コマのおかあさん』『酒とサイコロの日々』刊行。

一九九九年（平成一一年）　三一歳

秋に「ラフカット」を書き直して、第一回鷺沢組の結成。三人で立ち上げる。一二月、公式ホームページを立ち上げる。自分の媒体を持つ。『過ぐる川、烟る橋』『さいはての二人』刊行。

二〇〇〇年（平成一二年）　三二歳

転機。川崎の成人学級に呼ばれる。「失恋」の取材をかねて、自費でベルリンへ。強制収容所が見たかった。行くべき必然性を感じる不思議な旅行だった。『失恋』『ナグネ・旅の途中―場所とモノと人のエッセイ集』刊行。

二〇〇一年（平成一三年）　三三歳

第一回鷺沢プロデュース演劇作品「ばら色の人生」にむけてユニットを立ち上げるが、九・一一で、アメリカをはじめ全世界への不信感で、やる気がなくなる。しかし一一月公演は無事成功。

二〇〇二年（平成一四年）　三四歳

九月、第二回鷺沢プロデュース演劇作品「ビューティフル・ネーム」公演。足掛け七年で書き上げた自伝的作品『私の話』『キネマ旬砲』『この惑星のうえを歩こう』刊行。

二〇〇三年（平成一五年）　三五歳

アメリカへ沖縄へと旅をしながら、「ウェルカム・ホーム！」執筆。同タイトル、同テーマの舞台を構想し、その準備に奔走する。

二〇〇四年（平成一六年）

四月一一日、舞台「ウェルカム・ホーム！」

の公演を前に、その人生の幕を閉じる。六月、遺された脚本をもとに第三回鷺沢プロデュース作品「ウェルカム・ホーム！」公演。『赤い水、黒い水』『ウェルカム・ホーム』『かわいい子には旅をさせるな』『ビューティフル・ネーム』『祈れ、最後まで・サギサワ麻雀』『ばら色の人生　La vie en Rose』『シネマ・ボム！　CINEMA BOMB!』『明日がいい日でありますように。サギサワ@オフィスめめ』刊行。

（著者、オフィスめめ編）

著書目録

鷺沢 萠

【単行本】

少年たちの終わらない夜 平1・9 河出書房新社
帰れぬ人びと 平1・11 文藝春秋
海の鳥・空の魚 平2・1 角川書店
スタイリッシュ・キッズ 平2・6 河出書房新社
葉桜の日 平2・11 新潮社
町へ出よ、キスをしよう 平3・10 廣済堂出版
愛してる Sixteen scenes in the humid town 平3・11 角川書店
駆ける少年 平4・4 文藝春秋
ハング・ルース 平4・11 河出書房新社
THEY THEIR THEM 平4・12 角川書店
ケナリも花、サクラも花 平6・2 新潮社
大統領のクリスマス・ツリー 平6・2 講談社
愛しのろくでなし 平6・5 講談社
月刊サギサワ 平6・10 講談社
奇跡の島 平6・12 朝日出版社
私はそれを我慢できない 平7・12 大和書房
夢を見ずにおやすみ 平8・1 講談社

F　落第生　平8・7　角川書店
バイバイ　平9・2　角川書店
君はこの国を好きか　平9・7　新潮社
途方もない放課後　平10・4　大和書房
コマのおかあさん　平10・6　講談社
酒とサイコロの日々　平10・10　双葉社
過ぐる川、烟る橋　平11・8　新潮社
さいはての二人　平11・12　角川書店
失恋　平12・9　実業之日本社
ナグネ・旅の途中　平12・11　角川書店
—場所とモノと人のエッセイ集
キネマ旬砲　平14・3　角川書店
私の話　平14・10　河出書房新社
この惑星のうえを歩こう　平14・12　大和書房
赤い水、黒い水　平16・2　作品社
ウェルカム・ホーム！　平16・3　新潮社
ビューティフル・ネーム　平16・5　新潮社
かわいい子には旅をさせるな　平16・6　大和書房
祈れ、最後まで・サギサワ麻雀　平16・8　竹書房
ばら色の人生　La vie en Rose　平16・10　作品社
シネマ・ボム！　CINEMA BOMB!　平16・11　アクセス・パブリッシング
明日がいい日でありますように。サギサワ@オフィスめめ　平17・4　角川書店

【全集・選集】
在日文学全集　第14巻　平18・6　深沢夏衣・金真須美・鷺沢萠（小説「ほんとうの夏」収録）　勉誠出版
現代小説クロニクル 1990　平27・4　～1994（「ティーンエイジ　講談社文

・サマー」収録）　芸文庫

【翻訳】

ケイティーとおおきなくまさん（ヨゼフ・ウィルコン絵、ヘルマン・メールス文）　平7・11　講談社

ドクター・スヌーピーの犬の気持ちがわかる本（チャールズ・M・シュルツ絵、ドクター・スヌーピー著）　平8・7　講談社

マリオンのおつきさま（ヨゼフ・ウィルコン絵、ゲルダ・マリー・シャイドル文）　平9・4　講談社

猫の贈り物（リー・W・ラトリッジ著）　平9・6　講談社

どうぶつえんからにげだそう！（ヨゼフ・ウィルコン絵、ピョートル・ウィルコン文）　平9・7　講談社

ちびおおかみ（ヨゼフ・ウィルコン絵、ゲルダ・ヴァーゲナー文）　平10・1　講談社

クララしあわせをさがして（ヨゼフ・ウィルコン絵、ギゼラ・クラール文）　平11・6　講談社

ドクター・スヌーピーの犬の気持ちがわかる本（チャールズ・M・シュルツ絵、ドクター・スヌーピー著）　平11・12　講談社文庫

猫の贈り物（リー・W・ラトリッジ著、解＝常盤新平）　平13・8　講談社文庫

【文庫】

帰れぬ人びと（解＝小関智弘）　平4・10　文春文庫
海の鳥・空の魚（解＝群ようこ）　平4・11　角川文庫
少年たちの終わらない夜（解＝井坂洋子）　平5・7　河出文庫
葉桜の日（解＝山田太一）　平5・10　新潮文庫
スタイリッシュ・キッズ（解＝泉麻人）　平5・11　河出文庫
町へ出よ、キスをしよう（解＝原田宗典）　平6・5　新潮文庫
愛してる（解＝北方謙三）　平6・11　角川文庫
駆ける少年　平7・5　文春文庫
そんなつもりじゃなかったんです（「THEY THEIR THEM」から改題）（解＝黒川博行）　平7・9　角川文庫
ハング・ルース（解＝稲越功一）　平7・10　河出文庫
大統領のクリスマス・ツリー（解＝俵万智）　平8・10　講談社文庫
ケナリも花、サクラも花（解＝柳美里）　平9・3　新潮文庫
愛しのろくでなし　平9・4　講談社文庫
月刊サギサワ　平9・10　講談社文庫
F　落第生（解＝永倉萬治）　平10・2　角川文庫
私はそれを我慢できない（解＝姫野カオルコ）　平10・11　新潮文庫
夢を見ずにおやすみ（解＝桐野夏生）　平11・1　講談社文庫
バイバイ（解＝島村洋子）　平12・1　角川文庫

君はこの国を好きか（解＝崔洋一）　平12・4　新潮文庫
サギサワ＠オフィスめめ（公式ホームページの書籍化第一弾）（解＝藤原伊織）　平12・10　角川文庫
奇跡の島（写真・稲越功一）　平13・2　角川文庫
途方もない放課後（解＝原田宗典）　平13・5　新潮文庫
サギサワ＠オフィスめめ　建国編（公式ホームページの書籍化第二弾）（解＝綾辻行人）　平13・6　角川文庫
過ぐる川、烟る橋（解＝北上次郎）　平14・2　新潮文庫
コマのおかあさん　平14・2　講談社文庫
サギサワ＠オフィスめめ　方言バトル編（公式ホームページの書籍化第三弾）（解＝黒川博行）　平14・11　角川文庫
酒とサイコロの日々（解＝安藤満）　平15・3　新潮文庫
失恋（解＝小池真理子）　平16・3　新潮文庫
さいはての二人（解＝北上次郎）　平17・4　角川文庫
ありがとう。（「ナグネ・旅の途中―場所とモノと人のエッセイ集」から改題。未収録エッセイを多数収録）（解＝酒井順子）　平17・8　角川文庫
私の話（解＝酒井順子）　平17・10　河出文庫
ウェルカム・ホーム！（解＝三浦しをん）　平18・9　新潮文庫
ビューティフル・ネーム（解＝重松清）　平19・1　新潮文庫
待っていてくれる人（「この惑星のうえを歩こう」　平19・4　角川文庫

から改題）（解＝小山田桐子）
かわいい子には旅をさせるな（解＝春日井政子）　平20・4　角川文庫
ウェルカム・ホーム！（解＝三浦しをん、小山鉄郎）　平29・12　新潮文庫

【インタビュー】

解体全書neo　平15・2　メディアファクトリー
執筆前夜（橘かれん名義のセルフインタビュー）　平17・12　新風舎

【アンソロジー】

別れの手紙（小説「家並みのむこうにある空」収録）　平7・3　角川書店
微熱の夏休み（小説「シコちゃんの夏休み」収録）　平7・5　角川書店
二十四粒の宝石（小説「忘れられなくて」収録）　平7・12　講談社
新・学生時代に何を学ぶべきか（エッセイ「東京オリンピックを知らない子どもたちの言えること」収録）　平10・2　講談社
うちの秘蔵っ子（エッセイ「『コマ』とよばれて」収録）　平13・6　実業之日本社
New History　人の物語（小説「故郷の春」収録）　平13・7　角川書店
銀座24の物語（小説「犬とカエルと銀座の夜」収録）　平13・8　文藝春秋
ラブミーワールド第4巻　男と女の間　平13・12　リブリオ出版

（小説「帰れぬ人びと」収録）
おやじ、ありがとう　平14・5　講談社
（エッセイ「なぜそんなに元気だったの？」収録）
そして、作家になった。　平15・9　メディアパル
（エッセイ「十八歳だった！」収録）
Love Stories　平16・2　水曜社
（「誰かアイダを探して」収録）
君へ。つたえたい気持ち三十七話　平16・3　メディアファクトリー
（エッセイ「What if……」収録）
アンソロジー　餃子　平28・4　パルコ
（エッセイ「餃子とガーデンテーブル」収録）

【文庫アンソロジー】

くだものだもの　平4・10　福武文庫
（俵万智・選、「りんごの皮」収録）
見知らぬ私　平6・7　角川ホラー文庫
（「雨が止むまで」収録）
二十四粒の宝石　平10・11　講談社文庫
（「忘れられなくて」収録）
作家が綴る　新潟見聞記　平13・8　リクルート
（エッセイ「新潟よいとこ、一度はおいで」収録、非売品）
ああ、恥ずかし　平15・10　新潮文庫
（エッセイ「六本木のヒロシ」収録）
銀座24の物語　平16・12　文春文庫
（小説「犬とカエルと銀座の夜」収録）
金原瑞人YAセレク　平20・11　ピュアフル文

ション　みじかい　庫
眠りにつく前にI
真夜中に読みたい
10の話（「真夜中の
タクシー」収録）

【関連書籍】

解体新書　群ようこ　平7・5　新潮社
対談集
ソウルで遊ぶ（エッ　平9・7　トラベルジャ
セイ「鷺沢萠のソウ　ーナル
ル留学記外伝」収録）
6 stories　シックス　平14・6　集英社
ストーリーズ　現
代韓国女性作家短
編（エッセイ「韓国
文化を楽しむ」収録）
コリアン・スタイル　平14・6　光文社
―隣国の隣人から見
えること、学べるこ
と（エッセイ「『ユド
リ』の国・韓国」収録）
読んでおきたい日本　平15・12　教育出版
の名作　伊豆の踊
子ほか（エッセイ
「ああ、恥ずかしい」
収録）
ウエルカム・ホーム！　平17・8　秋田書店
児島律子（コミカラ
イズ）

（作成・オフィスめめ）

【初出】
川べりの道　「文學界」　一九八七年六月号
かもめ家ものがたり　「文學界」　一九八七年八月号
朽ちる町　「文學界」　一九八八年一一月号
帰れぬ人びと　「文學界」　一九八九年五月号

【底本】
『帰れぬ人びと』　文春文庫　一九九二年一〇月

帰《かえ》れぬ人《ひと》びと
鷺沢《さぎさわ》 萠《めぐむ》

二〇一八年六月 八 日第一刷発行
二〇二四年四月一八日第二刷発行

発行者——森田浩章
発行所——株式会社 講談社
東京都文京区音羽2・12・21 〒112-8001
電話 編集（03）5395・3513
販売（03）5395・5817
業務（03）5395・3615

デザイン——菊地信義
印刷——株式会社KPSプロダクツ
製本——株式会社国宝社
本文データ制作——講談社デジタル製作
©松尾貞有限責任事業組合 2018, Printed in Japan
定価はカバーに表示してあります。

落丁本・乱丁本は購入書店名を明記のうえ、小社業務宛にお送りください。送料は小社負担にてお取替えいたします。なお、この本の内容についてのお問い合せは文芸文庫（編集）宛にお願いいたします。
本書のコピー、スキャン、デジタル化等の無断複製は著作権法上での例外を除き禁じられています。本書を代行業者等の第三者に依頼してスキャンやデジタル化することはたとえ個人や家庭内の利用でも著作権法違反です。

講談社
文芸文庫

ISBN978-4-06-511733-0

講談社文芸文庫

講談社文芸文庫編-個人全集月報集 武田百合子全作品・森茉莉全集
小島信夫——抱擁家族　大橋健三郎-解／保昌正夫——案
小島信夫——うるわしき日々　千石英世——解／岡田 啓——年
小島信夫——月光|暮坂 小島信夫後期作品集　山崎 勉——解／編集部——年
小島信夫——美濃　保坂和志——解／柿谷浩一——年
小島信夫——公園|卒業式 小島信夫初期作品集　佐々木 敦——解／柿谷浩一——年
小島信夫——各務原・名古屋・国立　高橋源一郎-解／柿谷浩一——年
小島信夫——[ワイド版]抱擁家族　大橋健三郎-解／保昌正夫——案
後藤明生——挟み撃ち　武田信明——解／著者——年
後藤明生——首塚の上のアドバルーン　芳川泰久——解／著者——年
小林信彦——[ワイド版]袋小路の休日　坪内祐三——解／著者——年
小林秀雄——栗の樹　秋山 駿——人／吉田凞生——年
小林秀雄——小林秀雄対話集　秋山 駿——解／吉田凞生——年
小林秀雄——小林秀雄全文芸時評集 上・下　山城むつみ-解／吉田凞生——年
小林秀雄——[ワイド版]小林秀雄対話集　秋山 駿——解／吉田凞生——年
佐伯一麦——ショート・サーキット 佐伯一麦初期作品集　福田和也——解／二瓶浩明——年
佐伯一麦——日和山 佐伯一麦自選短篇集　阿部公彦——解／著者——年
佐伯一麦——ノルゲ Norge　三浦雅士——解／著者——年
坂口安吾——風と光と二十の私と　川村 湊——解／関井光男——案
坂口安吾——桜の森の満開の下　川村 湊——解／和田博文——案
坂口安吾——日本文化私観 坂口安吾エッセイ選　川村 湊——解／若月忠信——年
坂口安吾——教祖の文学|不良少年とキリスト 坂口安吾エッセイ選　川村 湊——解／若月忠信——年
阪田寛夫——庄野潤三ノート　富岡幸一郎-解
鷺沢萠——帰れぬ人びと　川村 湊——解／著者、オフィスめめ-年
佐々木邦——苦心の学友 少年倶楽部名作選　松井和男——解
佐多稲子——私の東京地図　川本三郎——解／佐多稲子研究会-年
佐藤紅緑——ああ玉杯に花うけて 少年倶楽部名作選　紀田順一郎-解
佐藤春夫——わんぱく時代　佐藤洋二郎-解／牛山百合子-年
里見弴——恋ごころ 里見弴短篇集　丸谷才一——解／武藤康史——年
澤田謙——プリューターク英雄伝　中村伸二——年
椎名麟三——深夜の酒宴|美しい女　井口時男——解／斎藤末弘——年
島尾敏雄——その夏の今は|夢の中での日常　吉本隆明——解／紅野敏郎——案
島尾敏雄——はまべのうた|ロング・ロング・アゴウ　川村 湊——解／柘植光彦——案
島田雅彦——ミイラになるまで 島田雅彦初期短篇集　青山七恵——解／佐藤康智——年

▶解=解説 案=作家案内 人=人と作品 年=年譜を示す。 2024年4月現在